다케토리 이야기

다케토리 이야기

역주 민병훈

어문학사

책머리에

일본소설은 이미 한국인에게 낯설지 않다. 미우라 아야코(三浦綾子)의 『빙점』에서 시작된 일본소설의 유행은 무라카미 하루키(村上春樹)의 『상실의 시대』를 거쳐 요시모토 바나나(吉本真秀子)의 『키친』 그리고 에쿠니 가오리(江國香織)의 『도쿄타워』, 오쿠다 히데오(奧田英朗)의 『공중그네』 등으로 꾸준히 이어지면서 국내에서 이미 많은 독자층을 형성했다. 물론 서점가에서는 이들 외에도 일본이 자랑하는 근대 소설가의 작품이나 노벨문학상 수상자의 작품 등도 어렵지 않게 만나볼 수 있다.

그런데 근래 들어 몇몇 출판사에서 세계 각국에 숨어 있는 주옥같은 고전을 번역하여 세상에 내놓고 있다. 그것들은 아직 대중에게 잘 알려지지 않은 작품이라는 점에서 출판의 가치가 인정된다. 일본 고전도 예외는 아니어서 이미 많은 작품이 한국어라는 옷으로 갈아입고 국내에 소개되고 있다. 그러나 역시 고전이라는 특수성 때문에 우스갯소리로 번역에 고전(苦戰)하는 경우가 허다하다. 아마

다수의 역자들은 대학에서 교편을 잡고 있는 연구자일 가능성이 높고, 역자나 출판사에 판매 부수에서 대박을 터뜨려줄 작품이라는 기대는 미미할 것이다. 하지만 온고지신(溫故知新)이라는 말이 나타내듯 현재는 과거의 기반 위에 존재한다. 한 편의 문학이 지닌 가치는 지금이나 과거나 매한가지일 것이다. 난해한 번역에서 오는 문제는 분명히 존재하지만 일본 문학의 원류를 찾는 데 고전 읽기는 매우 중요하며 흥미로운 일일 것이다.

5

특히 일본 고전 가운데 『다케토리 이야기(竹取物語)』는 일본소설의 조상이라고 부르기에 충분한 작품으로, 일본 고전의 백미로 평가받는 『겐지 이야기(源氏物語)』에서는 『다케토리 이야기』를 '모노가타리(헤이안 시대 이후의 산문 형식의 문학 작품) 문학의 조상'이라고 칭하고 있다. 많은 모노가타리 문학이 소실되거나 산일되어 자취를 감춘 상황에서도, 동화 같은 내용의 『다케토리 이야기』가 1,100년이 넘는 세월 속에서 오롯이 그 존재를 보전한 이유는 그만큼 읽어주는 사람이 많았기 때문이리라. 그리고 특히 여성 독자가 많았던 이유는 한자가 아니라 '가나(仮名)'로 쓰였기 때문일 것이다. 다시 말해서 일본인 자신의 언어로 쓰인 이야기가 여성의 문학적 감성을 자극했다는 얘기다. 또한 내용 면에서는 동화적 소재를 도입하여 널리 아이들에게 읽힌 점도 『다케토리 이야기』가 오랜 세월 사랑받은 이유일 것이다.

1982년 제작되어 공전의 화제작이 된 할리우드 영화 「ET」의 모티프가 『다케토리 이야기』에 있다는 사실에서, 고전이 현대물로 이어지는 그 풍부한 상상력을 엿볼 수 있다. 일본에서 1987년 개봉한 영화 「다케토리 이야기」에서는 달세계로부터 가구야 히메를 맞으러 오는 무리가 이끌고 온 '하늘 나는 수레'를 UFO(미확인 비행 물체)로 각색하고 있는데, 이 사실을 통해서도 「다케토리 이야기」는 현대인의 공상 과학적 상상력마저 자극하는 작품이라고 평가할 수 있다.

가나 소설의 원류라고 칭할 수 있는 『다케토리 이야기』는 신화

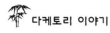

와 설화의 융합이며, 또한 이후로는 다양한 형태의 소설을 파생시키며 일본소설의 조상이 되었다.

이야기 구조에서는 한국인에게 매우 친숙한 전래동화 「선녀와 나무꾼」과 유사점이 발견된다. 선녀의 날개옷 전설과 관련한 옛날이야기와 비교하며 그 영향 관계 등에 대해서도 생각해 보면 흥미로울 것 같다. 또한, 내용을 통해서 당시의 남녀관계와 결혼제도에 대해서도 알 수 있어 일본의 전통문화를 공부하는 데 도움이 될 것이다.

끝으로 편집과 교정에 애써주신 도서출판 어문학사의 배정옥 팀장님과 김영아 선생님, 정두순 선생님, 그리고 대전대학교 일어일문학과의 민서현, 김민성, 정은선, 임지언, 소수현 씨에게 진심으로 감사드린다.

2015년 1월
민병훈

| 차례 |

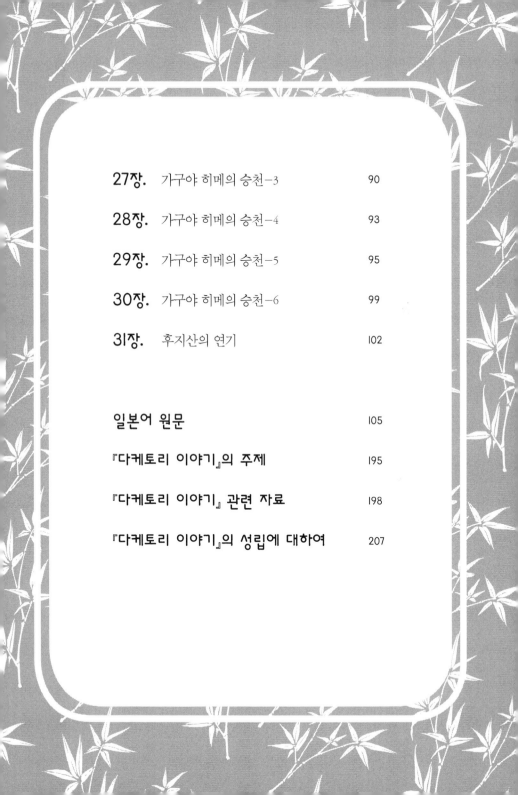

1장. 가구야 히메의 발견과 성장

지금으로부터 보면 먼 옛날 일이다. 대나무를 베어 생활하는 한 노인*이 있었다. 그 노인은 산과 숲으로 들어가 대나무를 베어 갖가지 도구를 만드는 데에 사용하고 있었다. 노인의 이름은 '사누키노 미야쓰코(讚岐の造)'라고 하였다.

그러던 어느 날, 뿌리 밑동이 빛나는 대나무 한 그루를 발견했다. 노인이 이를 의아하게 여겨 그 대나무 곁으로 다가가 보자 대나무 통이 빛나고 있었다. 그 안을 들여다보니 세 치** 정도의 무척 귀여운 여자아이가 들어 있었다. 노인은,

---

* 일본어 문장에서는 '다케토리노 오키나(竹取の翁)'라는 호칭을 사용하고 있으나, 한국어 문장에서는 '노인'으로 통일시켰다.

** 3寸. 약 10cm 정도의 길이

"제가 아침저녁으로 봐 온 대나무 안에 계셔서 만나게 되었습니다. 당신은 대나무가 바구니가 되듯이 저의 자식이 될 분인 것 같습니다."[*]

라고 말하고는 손바닥에 조심스럽게 올려 집으로 데리고 왔다. 그리고 부인에게 맡겨 키우게 했다. 그 사랑스러움이란 세상 어디에도 비길 데가 없다. 너무 조그맣기 때문에 대나무 바구니 안에 넣어 키운다.

노인이 이 아이를 발견하고 나서부터 대나무를 벨 때마다 대나무 마디와 마디 사이에 황금이 들어 있는 일이 거듭되었다. 이렇게 해서 노인은 점점 유복해져 갔다.

아이는 대나무처럼 쑥쑥 커갔다. 발견한 지 3개월 정도 지나자 아이는 성인식을 치르기에 합당한 아가씨로 성장했다. 이에 노인은 길일을 택하여 머리를 틀어 올리고 예복[**]을 입혔다. 방 밖으로 내보내지도 않고 금이야 옥이야 하며 소중히 키운다. 아이의 아름다운 외모는 세상에 비길 데가 없었고, 집 안은 아이로 인해 그늘진 곳 없이 화사한 빛으로 가득 차 있었다. 노인은 기분이 상하여 괴로울 때에도 이 어여쁜 아이를 보면 근심 걱정이 사라졌다. 또한 화가 난 마음도 위로가 되었다.

그 이후에도 황금이 들어 있는 대나무를 베는 일이 계속되어 노

13

---

[*] 일본어로 바구니는 '가고(駕籠)' 또는 '고(籠)'라고 하는데, 자식 또한 '고(子)'로 발음하여, 바구니와 자식이 동음이라는 사실로 언어의 유희를 자아내고 있음을 알 수 있다.

[**] 성인식에서 여성은 소매가 긴 전통 의상인 후리소데(振袖)를 입는다.

인은 굉장한 부자가 되었다. 아이도 완전히 성장하여, '미무로도인 베노 아키타(三室戶斎部の秋田)'라는 작명가를 불러 이름을 짓게 하였다. 아키타는 '나요타케노 가구야 히메(なよ竹*のかぐや姫**)'라고 이름 지었다. 그리고 3일 동안 작명을 축하하는 의미에서 목소리 높여 노래를 부르며 온갖 가무를 피로했다. 남자란 남자는 어느 누구 가릴 것 없이 모두 불러 모아 성대한 연회를 치렀다.

---

* '가냘픈 대나무', '어린 대나무'라는 의미이며, 비유적으로 가녀린 예쁜 소녀를 가리킨다.

** 가구야 히메(かぐや姫)는 주인공의 호칭으로 사용되기 때문에 한글 표기도 '히메' 또는 '가구야'로 했다.

다케토리 이야기

2장. 히메를 엿보는 남자들

세상의 남자란 남자는 신분과 관계없이,

"어떻게든 가구야 히메를 아내로 맞아, 곁에 두고 싶다."

고 말하며, 소문에 애를 태우고 마음을 졸였다. 집 안에 거하는 사람조차 히메를 그리 쉽게 볼 수 있는 것이 아닌데, 그 남자들은 잠도 자지 않고 어두운 밤에 나와서는 담에 구멍을 내어 안을 엿보는* 등, 저마다 집 주변을 서성거렸다. 이런 일들이 있고 나서부터 구혼을 위해 여자의 집 주변을 어슬렁거리는 행위를 '요바이(夜這い)'**라고

---

* 일본어로는 'かいまみ(垣間見)'로 '엿보다'라는 사전적 의미를 갖지만, 본래는 담의 틈으로 엿본다는 의미다.

** 요바이(夜這い; よばい): 밤에 남자가 구혼을 위해 여자의 침소에 들어가는 행위를 뜻하지만, 『다케토리 이야기』에서 남자들은 히메의 침소에 들어가지 못하였으므로 여기서는 '밤에 집 주변을 어슬렁거리는 행위'로 사용되고 있음을 알 수 있다.

부르게 되었다고 한다.

　보통사람이라면 그냥 지나칠 곳까지 기웃거려 보지만, 헛수고였다. 히메는 고사하고 집 안에서 일하는 사람들조차 그들을 상대해 주지 않는다. 그런데도 그녀의 집 근처를 떠나지 않는 귀공자들 중에는 그 자리에서 밤을 새우고 날을 보내는 사람도 많다. 하지만 그 정도로 열의가 없는 사람은,

　"쓸데없이 오락가락하는 것은 어리석은 일이야."

라고 말하며 발길을 끊어버렸다.

3장. 다섯 귀공자의 구혼 - I

그러나 그중에는 여전히 구혼을 해오는 사람들이 있었다. 그들은 세간에서 호색가로 유명한 5인으로, 히메를 포기하지 않고 밤낮으로 찾아왔다. 그들은 '이시쓰쿠리 황자(石作皇子)', '구라모치 황자(車持皇子)', '우대신(右大臣)* 아베노 미무라지(阿倍のみむらじ)', '대납언(大納言)** 오토모노 미유키(大伴御行)', '중납언(中納言)*** 이소노가미노 마로타리(石上麻呂足)'라고 하는 사람들이었다. 이들은 세상의 어떤 여자든 조금이라도 미모가 뛰어나다고 알려지면 바로 자

---

* 우대신(右大臣; うだいじん): '우다이진'. 태정관(太政官)의 장관. 태정대신(太政大臣) 및 좌대신 다음 가는 직위.

** 대납언(大納言; だいなごん): '다이나곤'. 태정관(太政官)에 소속된 관직의 하나. 대신의 아래 계급에 해당하는 일본 고대의 기본 법전에 정해진 중앙 최고 관청의 차관.

*** 중납언(中納言; ちゅうなごん): '추나곤'. 태정관의 차관. 대납언의 아래, 쇼나곤(少納言)의 상위에 해당하는 직위.

신의 여자로 만들려고 하는 사람들이었다. 하물며 히메는 절세미인이라고 소문이 나 있었기 때문에 더더욱 손에 넣고 싶어 했다. 식사도 제대로 하지 않고 고민하다가 히메의 집으로 가서는 하염없이 서성거려 보지만 아무런 보람도 없다. 편지를 쓰거나 답답한 마음을 시로 써서 보내도 답장은 단 한 번도 없다. 편지를 전하는 사람은 '이렇게 해봐야 헛수고'라고 생각하지만, 다섯 남자들은 11월, 12월의 서리가 내리고 얼음이 얼어서 추위가 극심한 계절에도, 태양이 내리쬐는 6월의 한여름 대낮에도, 천둥이 치고 소나기가 오는 날에도 여지없이 찾아왔다.

또 어떤 날에는 노인을 불러내어,

"따님을 저에게 주십시오."

라고 말하며 엎드려 간청하지만, 노인은,

"제 친자식이 아니라서 마음대로 할 수 없습니다."

라고 말하며 그저 그렇게 세월을 보낼 뿐이다. 그러자 귀공자들은 각자 집으로 돌아가 심란한 마음을 진정시키기 위해 신불(神仏)*에게 빌기까지 한다. 하지만 가구야 히메를 생각하는 마음은 사그라질 기미도 보이지 않는다. 귀공자들은,

'노인이 그리 말했지만, 평생 결혼시키지 않을 부모가 어디 있을까?'

하는 생각에 희망을 버리지 않는다. 게다가 히메에 대한 애정을 과시하기 위해 한층 더 집 주위를 서성거린다.

------

* 신불(神仏; しんぶつ): 신(神)과 부처(佛).

4장. 다섯 귀공자의 구혼 - 2

이를 본 노인이 히메에게 말하기를,

"소중한 나의 딸 가구야 히메여. 당신이 보통사람과 다르다고는 하지만, 이만큼 클 때까지 보살핀 내 마음은 편치 않습니다. 아무쪼록 이 늙은이가 말하는 것을 들어주셨으면 합니다."

그러자 히메가 대답했다.

"어찌 말씀을 거역하겠습니까. 제가 보통사람과 다르다고 하는 사실도 몰랐고, 그저 당신을 친부로 생각하고 있었습니다."

노인은,

"고마운 말씀입니다."

하며 말을 이어갔다.

"이 늙은이 나이 벌써 칠십이 넘어 언제 죽을지 모르는 몸입니다. 이 세상 사람은 누구나 남자는 여자를 만나고, 여자는 남자를 만나게 되어 있습니다. 그렇게 결혼함으로써 가문이 번영하는 것입니다. 어찌 결혼하지 않고 살 수 있겠습니까?"

이에 히메가,

"어째서 꼭 결혼이란 것을 해야 하죠?"

라고 말하자,

"아무리 당신이 보통사람과 다르다고 해도, 여자의 몸을 하고 있습니다. 내가 살아 있는 동안에는 독신으로 지낼 수 있겠지요. 하지만 내가 죽으면 그리 살 수는 없으니 다섯 귀공자께서 오랫동안 지극정성으로 구혼한 것을 신중히 생각해 보고, 그중 한 분과 결혼하세요."

라고 노인이 말했다. 이에 히메가 대답하기를,

"제가 결혼을 거부하는 이유는, 그다지 훌륭한 미모도 아닌데 상대의 속도 모른 채 결혼했다가 나중에 상대방의 마음이 변하면 후회할 것이 틀림없기 때문입니다. 아무리 더할 나위 없이 훌륭한 사람이라 해도 그 속마음을 모르면 결혼할 수 없다고 생각합니다."

그에 노인은,

"지당하신 말씀입니다. 내가 하려던 말입니다. 그럼 도대체 어떤 마음을 가진 분과 결혼하려고 하십니까. 저분들은 누구 할 것 없이 열의가 보통이 아닌 분들 같은데……."

라고 말했다. 이에 히메는,

"그렇게 대단한 성의를 보여 달라는 말이 아닙니다. 아주 사소

한 것입니다. 저를 향한 다섯 분의 마음이 전부 똑같지는 않을 것이라 생각합니다. 그분들 중에서 누가 더하고 덜한지 판가름하기는 쉽지 않을 것입니다. 그러니 다섯 분 중에서 제가 원하는 물건을 가져오시는 분을 받들어 모시겠다고 전해주세요."
라고 말했다. 노인은,

　　"그거 좋은 생각입니다."
하며 승낙했다.

5장. 다섯 귀공자의 구혼 - 3

날이 저물 무렵, 귀공자들이 여느 때처럼 히메의 집으로 찾아왔다.* 그들은 제각기 횡적(橫笛)**을 불거나 와카***를 읊거나 창가를 부르고, 또 어떤 사람은 휘파람을 불거나, 혹은 부채로 박자를 맞추고 있었다. 그곳으로 노인이 나와서,

"이렇게 누추한 곳까지 오랜 세월 왕래하신 것에 대해 진심으로 송구스럽게 생각합니다."

---

* 당시, 남자가 여자를 방문하는 시각은 정해져 있어서 날이 어두워졌을 때 찾아가 이튿날 날이 밝기 전에 그 집을 나와야 했다. 다섯 귀공자들도 그런 법도에 따라 날이 저물어 히메의 집을 방문하는 것이다.

** 횡적(橫笛; よこぶえ): 가로로 들고 부는 피리의 총칭. 한국어 명은 '저'.

*** 고대로부터 전해져 내려오는 보통 5·7·5·7·7의 음수율을 띤 일본 고유의 정형시. '야마토 우타'라고도 한다.

다케토리 이야기

라고 말했다. 그리고는,

"히메에게 이 늙은이의 목숨도 얼마 남지 않았으니 이렇게 열심히 청혼하는 분들 중에서 한 명을 선택하여 모시라고 권유했습니다. 그러자 히메가, '다섯 분 중 누가 더 열의가 있는지 쉽게 우열을 가리기 힘드니, 애정의 정도로 판단하도록 하지요.'라고 말하여, 저도 '그거 좋은 생각입니다. 그렇게 하면 모두 불만을 갖지 않겠군요.'라고 했습니다."

라며 히메의 의사를 남자들에게 전했다. 다섯 귀공자도

"좋습니다."

라고 대답하여, 노인은 집으로 들어가 히메에게 그 뜻을 알렸다. 히메는,

"이시쓰쿠리 황자님께는 '돌로 된 부처의 바리때(鉢)*'라는 것이 있으니 그것을 가져오라고 전해주세요."

그리고,

"구라모치 황자님께는, 동쪽 바다에 '봉래(蓬莱)**'라고 하는 산이 있다고 합니다. 그곳에 '뿌리는 은이고 줄기는 금이며 열매는 백옥인 나무'***가 있으니, 그 가지 하나를 꺾어 오시라고 전해 드리고, 아

23

---

* 바리때(鉢; はち): 부처가 깨달음을 얻은 후 사천왕이 돌 바리때를 각기 하나씩 부처에게 드렸고, 부처는 돌 바리때 네 개를 겹쳐서 하나로 사용했다고 한다.

** 봉래(蓬莱; ほうらい): 중국의 전설에 등장하는 영산(靈山) 삼신산(三神山) 가운데 하나로, 불로초와 불사약이 있다는 불로불사의 땅을 말한다. 동쪽 바다 한가운데에 있으며 신선이 사는 곳이라고 전한다.

*** 봉래산에 있는 불로불사의 약이 된 구슬 가지다. 『사기』의 진시황 본기에, 서복이 동남쪽 바닷속에 있는 환상의 봉래산으로 불사약을 찾으러 갔다가 상어의 방해를 받았다는 허언에서 불로불사의 약으로 알려졌다.

베 우대신님께는 중국에 있다는 '불쥐의 가죽옷'[*]을, 대납언 오토모노 미유키님께는 '용의 목에 있는 오색 구슬'[**]을 가져오라고 해 주세요. 이소노가미노 마로타리님께는 '제비가 가지고 있다는 안산 조개(子安貝)'[***]를 하나 가져오시라고 전해 주세요."

라고 말했다. 히메의 말을 들은 노인이,

"그거 참 무엇 하나 쉬운 게 없군요. 일본에 있는 물건들도 아니고……. 어떻게 그런 어려운 부탁을 드릴 수 있겠습니까?"

라고 말하자 히메가,

"무엇이 어렵다는 거죠?"

라고 반문했다. 이에 노인은,

"아무튼 말해 보기라도 하지요."

라고 말하며 밖으로 나가 남자들에게,

---

[*] 상상 속의 동물로, 중국 서쪽의 험산인 곤륜산(崑崙山) 속의 불타는 나무에 사는 괴이한 쥐로, 그가 죽은 불에 타지 않는다고 전한다. 중국 고대의 전설 속 동물인 불쥐와, 이야기 성립 당시 유행하던 담비의 모피로 만든 초구(貂裘)에서 구상을 얻은 것으로, 실제로 초구는 9세기 후반에는 높은 신분의 사람에게만 사용이 허가되었다고 한다. 발해에서 건너온 검은 담비의 모피로 만든 옷은 당시 불색과 같은 진홍색에 공상과 신비감이 더해져 불쥐의 가죽옷으로 알려졌다고 한다.

[**] 『다케토리 이야기』의 작자가 『장자(莊子)』에 등장하는 용의 턱을 오색으로 빛나는 구슬과 관련하여 각색한 것으로 알려져 있다. 실제로 일본의 정창원 보물(正倉院宝物)의 여러 약장(薬帳)에는 '오색용의 이빨'이라고 불리는 물결 모양의 능선과 담청의 줄무늬가 들어간 25cm정도 되는 석약(石薬)이 전해지고 있다고 한다.

[***] 안산 조개(子安貝: こやすがい): 몸에 지니면 순산한다 하여 부적으로 쓰인 조개껍데기. 여기서는 제비가 알을 낳을 때, 순간적으로 내보이는 환상 속의 조개를 말한다. 제비는 사도(佐渡)나 와카야마(和歌山)에 남아 있는 민간전승에서 생식과 순산을 관장한다고 전해진다. 안산 조개는 자패(宝貝)의 일종으로, 형상이 여성의 생식기와 흡사하여 고대인들은 생식의 힘이 있는 것으로 여겼으며, 임산부가 출산할 때 쥐고 있으면 순산한다는 신앙이 있었다고 한다. 또 조개는 화폐로 취급되어 재산과 자손의 번영을 가져오는 제비와 결합하여 『다케토리 이야기』에 채용된 것으로 보인다.

"히메가 말한 것들을 가져와 주십시오."

하며 히메의 뜻을 전하자, 황자들과 귀족들은 이 말을 듣고,

"차라리 솔직하게 더 이상 여기에 오는 것을 삼가라고 하지 그러시오?"

하며 넌더리를 내고 모두 돌아가 버렸다.

6장. 이시쓰쿠리 황자와 부처의 바리때

히메의 까다로운 요구에 모두 진절머리를 내며 돌아갔지만, 이해 타산적인 성격의 이시쓰쿠리 황자는 히메와 결혼하지 않고서는 살아갈 수 없을 것 같은 심정이었기 때문에, 인도에 있는 물건이라 한들 가져오지 못할 일이 있을까 하며 이리저리 궁리를 거듭했다.

'인도에도 하나밖에 없다는 귀중한 바리때를 찾아 백만 리 천만 리 먼 곳까지 간다고 한들 어차피 손에 넣을 수는 없을 거야.'

하고 생각하며 히메 쪽에는,

"오늘 바리때를 찾으러 인도로 떠납니다."

라고 알리고는 3년 정도 시간이 흐른 뒤, 야마토 지방 도오치군*에

---

* 지금의 긴키 지방(近畿地方) 나라 현(奈良県) 가시하라 시(橿原市)와 사쿠라이 시(桜井市) 다와라모토 혼초(田原本町)의 경계 부근.

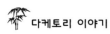

있는 산사에서 빈두로(賓頭盧)* 앞에 있던 새까맣게 그을린 바리때를 가져와 비단 봉투에 넣고 조화(造花)의 가지에 붙여 히메의 집으로 가져왔다.** 이것을 미심쩍게 여긴 히메가 바리때 안을 살펴보자 편지가 들어 있었다. 펼쳐 보니 와카가 적혀 있다.

산과 바다의 여로에 내 마음을 모두 다 바쳐
손에 넣은 바리때 눈물에 젖습니다***
海山の 道に心を つくしはて
ないしのはちの 涙ながれき

히메가 바리때에 빛이 있는가 하여 봤더니, 반딧불만 한 빛조차 보이지 않았다.

27

맺힌 이슬의 빛조차 보이지 않는 까만 바리때
오구라야마에서 무얼 찾은 건가요****
置く露の 光をだにも やどさまし
小倉の山にて 何もとめけむ

---

* 빈두로(賓頭盧; びんずる): 석가모니의 명을 받들어 열반에 들지 않고 중생을 이끄는 아라한. 머리는 하얗고 눈썹은 길다. 우리나라에서는 독성(獨聖), 나반존자(那畔尊者)라고 하여 절마다 받들어 모신다.
** 당시 선물을 할 때에는, 생화나 조화(造花)에 붙여 보내는 풍습이 있었다.
*** 〈인도는 아주 먼 거리여서 바다를 건너고 산을 넘어 고생해서 손에 넣은 바리때입니다. 참으로 피눈물 나는 여행이었습니다. 부디 이런 저의 진심을 알아주셨으면 합니다.〉
**** 〈진짜 부처의 바리때라면 적어도 풀잎 위에 내린 이슬의 빛 정도는 있을 텐데 이것은 새까맣습니다. 그 어둡다고 하는 오구라야마 산에서 도대체 무엇을 찾아온 것입니까.〉

라고 말하며 노래와 함께 그 바리때를 돌려주었다. 황자는 바리때를 문밖에 버리고 히메에게 반가를 읊어 보냈다.

> 시라야마*를 앞에 두면 빛깔이 바래 버리니
> 수치심을 버리고 이렇게 기대하오**
> 白山に あへば光の 失するかと
> はちを捨てても 頼まるるかな

라고 읊어 보냈다. 히메는 더 이상 답가를 하지 않았다. 황자의 말에 귀를 기울이려고도 하지 않자, 황자는 미련을 버리지 못한 채 투덜거리며 돌아가 버렸다.

그 바리때를 문밖에 버리고 또다시 진짜라고 우긴 일에 빗대어, 부끄러움도 모르고 하는 뻔뻔한 행위를 세상에서는 '하지오 스테루(부끄러움을 버리다)'***라고 말하게 되었다고 한다.

---

* 시라야마(白山; しらやま): 이시카와 현(石川県)과 기후 현(岐阜県)의 경계에 있는 휴화산으로 예로부터 영산(靈山)이라 하여 찾는 사람이 많다.

** 〈시라야마 산 같이 밝게 빛나는 히메의 앞에서는 빛이 사라져 버리는 것인가 하여 일단 바리때를 버리지만, 히메의 마음을 얻을 수 있지 않을까 하여 뻔뻔하게도 부끄러움을 버리고 그만 기대하고 맙니다.〉

*** 이시쓰쿠리 황자가 버린 바리때라는 의미의 '鉢(はち)'와 부끄러움이라는 의미의 '恥(はじ)'의 발음이 유사한 것을 이용한 언어유희다.

7장. 구라모치 황자와 봉래산의 백옥 열매의 가지 - I

구라모치 황자(車持皇子)는 책략에 능한 사람으로, 조정에는,

"쓰쿠시(筑紫)* 지방으로 탕치(湯治)**하러 갑니다."

하고 휴가를 청하고, 히메의 집에는,

"백옥 열매의 가지를 찾으러 간다고 전하여라."

수하에게 알리게 하고는 도성을 뒤로하셨다. 수행원들은 나니와(難波) 항***까지 배웅해 드렸다. 황자는,

"지극히 사적인 여행이니……."

---

* 쓰쿠시(筑紫; つくし): 규슈(九州)의 옛 이름. 규슈의 '지쿠젠(筑前), 지쿠고(筑後)'의 총칭.

** 탕치(湯治; とうじ): 온천에서 목욕하며 병을 고치는 일.

*** 나니와 항(難波の港; なにわのみなと): 오사카 항구의 옛 이름.

라고 말씀하시며 수행원도 몇 명 데리고 가지 않으신다. 일상적으로 자신의 신변에서 시중을 드는 몇몇 사람만을 배에 태워 출발하셨다. 배웅 나온 사람들은 황자를 환송해 드리고 다시 교토로 돌아왔다. 이처럼 황자는 쓰쿠시 지방에 간 것으로 사람들에게 생각하게 하시고, 3일 정도 지나 몰래 다시 나니와 항으로 노를 저어 돌아오셨다.

출발하기 전에 미리 계획을 명해 놓았기 때문에, 사람들이 쉽게 접근할 수 없을 집을 지어 삼중으로 가마를 쌓고, 당시 손에 꼽을 정도로 몇 안 되는 솜씨 좋은 주물세공사(鑄物細工師) 여섯 명을 불러 모아 안에 들이게 하신 후 황자도 그곳에 머무르셨다. 이 계획을 알고 있는 사람은 모두 열여섯 명으로 천장에 굴뚝을 만들어 환기구를 내고, 세공사들에게 작업을 하게 하셨다. 그 결과 히메가 말한 그대로 한 치의 오차도 없는 백옥 열매의 가지를 만들어 내셨다.

그리고 그것을 사람의 눈을 속여 나니와 항으로 은밀히 가지고 나왔다. 황자는,

"드디어 돌아왔노라."

라고 말하고, 자신의 저택으로 심부름꾼을 보내신 후 무척 지친 모습을 하고 계셨다. 황자를 맞이하기 위해 저택에서 많은 사람이 마중을 나왔다. 백옥 열매의 가지를 큰 궤에 넣어 뚜껑을 덮고 교토로 가지고 오시는데, 어느새 사람들이 이 소식을 듣고,

"구라모치 황자가 진귀한 우담화(優曇華)*를 갖고 도성으로 돌아

---

* 우담화(優曇華; うどんげ): ① 인도에서 삼천 년에 한 번 꽃이 핀다고 전해지는 상상 속의 식물. ② 뽕나뭇과의 낙엽 교목. 키는 3미터 정도로, 잎은 달걀 모양. 꽃은 작아서 잘 보이지 않고 열매는

오셨대."

라며 웅성거렸다. 이것을 들은 히메는,

　'사실이라면 황자에게 분명 지고 말 거야.'

라고 생각하자 불안해서 견딜 수 없었다.

긴 타원형이며 지름이 3cm 정도로 먹을 수 있고 잎은 가축과 코끼리의 사료로 씀. ③ 천장이나 나뭇가지에 슨 풀잠자리의 알. 여기서는 ①에 해당한다.

8장. 구라모치 황자와 봉래산의 백옥 열매의 가지 - 2

그러고 있는 사이, 황자의 수행원이 문을 두드리며,

"구라모치 황자님께서 오셨습니다."

하고 고한다.

"여행복 차림 그대로 오셨습니다."

라고 하인이 말하자 노인이 나가 맞이했다.

황자가,

"목숨을 걸고 백옥 열매의 가지를 구해 왔소이다."

라고 말씀하시며,

"히메에게 보여 드리세요."

라고 하자, 노인은 백옥 열매의 가지를 들고 히메의 방으로 들어갔

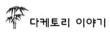

다. 백옥 열매의 가지에는 편지가 첨부되어 있었다.

> 이 몸 헛되이 죽는다고 하여도 구슬 가지를
> 손에 넣지 않고는 돌아올 수 없었소*
> いたづらに　身はなしつとも　玉の枝を
> 　手折らでただに　帰らざらまし

　히메가 이 노래를 보는 둥 마는 둥 하자, 노인이 숨을 몰아쉬며 말한다.
　"히메가 요구한 대로, 봉래산에 있는 백옥 열매의 가지를 황자는 한 점 틀린 곳 없이 가지고 오셨습니다. 무엇을 이유로 트집을 잡을 수 있겠습니까. 더욱이 여행복 차림 그대로 자신의 저택에도 들르지 않고 오셨습니다. 어서 황자와 결혼하여 아내로서 섬기세요."
히메는 대답도 하지 않고 손으로 턱을 괸 채 어찌할 바를 몰라 한스러운 표정으로 생각에 잠겨 있다. 이에 황자는,
　"이제 와서 두말을 해서는 안 됩니다."
라고 말하며 히메의 방 앞 툇마루로 올라오셨다.** 노인은 황자의 행동도 당연지사라고 생각하여 히메에게,

33

---

* 〈이 몸은 허무하게 죽는다 해도 소중한 백옥 열매의 가지를 손에 넣지 않고서는 결코 돌아오지 않았을 것입니다.〉
** 본래는 여성의 방 앞 툇마루에 허락 없이 올라가서는 안 되지만, 구라모치 황자는 가구야 히메가 낸 난제를 해결했으므로 결혼 승낙을 받은 것이나 다를 바 없다고 생각하여 히메의 툇마루로 올라간 것이다.

"일본에서는 볼 수 없는 구슬 가지입니다. 이런 상황에서 어찌 거부를 할 수 있겠습니까. 인품도 좋은 분이십니다."

라고 말했다. 히메는,

  "부모님 말씀을 끝까지 거절하는 것이 마음에 걸려 일부러 손에 넣기 어려운 물건을 요구했던 것인데……."

라고 말하며, 이렇게 기막힐 정도로 자신이 주문한 것과 똑같은 백옥 열매의 가지를 가져온 사실을 얄궂다고 생각하지만, 노인은 이미 마음을 정한 듯 침실에 황자를 맞이할 준비를 한다.

9장. 구라모치 황자와 봉래산의 백옥 열매의 가지 - 3

노인이 황자에게,

"어디에 이 나무가 있었습니까? 신기할 정도로 아름답고 훌륭한 물건이네요."

하고 말씀드린다. 황자가 대답하기를,

"3년 전 2월 10일경에 나니와 항에서 배를 타고 먼 바다로 나가니 어디로 가야 할지 몰라 막막했지만, 원하는 것을 얻지 못하면 이 세상에 살아 있다 한들 무슨 소용이 있을까 생각되어 목적지도 모른 채 그저 바람에 맡겨 노를 저었습니다. 만일 목숨이 다했다면 그것으로 끝이겠지만, 살아 있을 동안에 이렇게 노를 젓다 보면 '봉래'라고 하는 산을 만날지도 모른다는 일념으로 파도를 헤치며 일본 해역을 벗어나 계속해서 노를 저어 갔습니다. 어떤 때는 파도가 거칠어져 당장에라도 바다 밑으로 가라앉을 것 같았고, 어떤 때는 바람이 부는 대로 떠다니다 들어 보지도 못한 나라에 떠밀려갔는데 도깨비 같은 것이 나와 우리를 죽이려고 했습니다. 또 어떤 날에는 출발한 방향과 행선지도 모른 채 망망대해에 덩그러니 버려진 것 같았습니다. 또 어떤 때는 식량이 다 떨어져 풀뿌리를 먹기도 했습니다. 그리고 어떤 날은 뭐라 말할 수 없이 험오스러운 것이 나와서 우리를 잡아먹으려고까지 했습니다. 또 어떤 날에는 바다 조개를 잡아 겨우 연명한 적도 있습니다.

아무도 도와줄 사람이 없는 여행지에서 이런저런 병에 걸려 앞으로의 나날이 참으로 불안했습니다. 이렇게 그저 배가 떠다니는 대로 바다를 표류하여 500일째 되던 날 오전 8시 즈음이었는데, 넓은 바다 한가운데에 희미하게 산이 보였습니다. 배 안에 있는 모든 사람들이 앞다투어 산을 바라보았습니다. 가까이 다가가 보니 바다 위에 떠 있는 것은 굉장히 큰 산이었습니다. 그 산은 반듯하게 높이 솟아 있었습니다. 이것이야말로 내가 찾던 봉래산일 것이라고 생각하자 기쁘기도 하고 무섭기도 하여, 산 주위를 배로 둘러보며 2, 3일 정도 지켜보니 천인(天人)의 의복을 입은 여자가 산중에서 나와 은그릇을 가지고 물을 떠 담고 있었습니다. 이것을 보고 배에서 내려,

  '이 산의 이름은 무엇입니까?'

하고 묻자, 여자가,

  '이것은 봉래산입니다.'

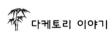

라고 대답했습니다. 이 말을 들으니 더할 나위 없이 기뻤습니다. 여자는,

　'그렇게 말씀하시는 분은 누구십니까?'

라고 물으며,

　'나의 이름은 호우칸루리입니다.'[*]

라고 말하고는 홀연히 산으로 들어가 버렸습니다.

그 산을 올려다보니 오르기에 불가능해 보였습니다. 깎아지른 것 같은 산의 절벽 주위를 둘러보니 이 세상에서는 볼 수 없는 꽃나무가 늘어서 있었습니다. 금·은·유리(瑠璃)[**]색 물이 산에서 흘러내리고 있었습니다. 그 물줄기에는 다양한 색의 구슬로 장식된 다리가 걸려 있었습니다. 다리 부근에는 환하게 빛나는 나무가 늘어서 있었는데, 그중에서 지금 꺾어 가지고 온 것은 다른 것에 비해서 무척 뒤떨어지는 것입니다. 그렇지만, 만에 하나 히메가 말씀하신 것과 다르면 안 될 것이라 생각하여 이 꽃을 꺾어 온 것입니다. 이 세상과는 비교조차 할 수 없는 산의 아름다움에 마음을 빼앗겼지만, 가지를 손에 넣었기 때문에 마음이 급해져 서둘러 돌아오려고 배에 오르니 순풍이 불어 400여 일 만에 돌아올 수 있었습니다. 부처님의 자비로운 도움이 있었던 걸까요, 나니와에서 어제 바로 교토로 돌아왔습니다. 바닷물에 흠뻑 젖은 옷도 갈아입지 않고 곧장 이곳으로 왔습니다."

---

[*] 선녀의 이름이다. 선녀는 봉래산의 상징이며 이름에서 'るり(유리)'는 당시 보물의 일종으로 신선이 사는 세계라는 사실을 강조하기 위한 것으로 이해된다.

[**] 유리(瑠璃; るり): ① 칠보(七寶)의 하나인 청보석. ② '가라스(ガラス)'의 옛 이름

라고 말씀하시자, 노인은 듣고 매우 감동하여 한숨을 내쉬며 노래를
읊었다.

    대나무 베며 오랜 세월 살아온 산과 들에도
    그와 같이 고단한 경험은 없었지요[*]
    くれ竹の よよのたけとり 野山にも
    さやはわびしき ふしをのみ見し

  이 노래를 황자가 듣고는,
  "오랫동안 고민으로 가득 찬 나의 마음이 오늘 겨우 안정을 찾았
습니다."
라고 말씀하시며 반가(返歌)로,

    내 소맷자락 오늘에야 이르러 겨우 마르니
    그간의 고생들도 모두 잊혀 지겠죠[**]
    わが袂 今日かわければ わびしさの
    千種の数も 忘られぬべし

라고 읊으셨다.

---

[*] 〈오랫동안 들판을 헤치며 살아온 다케토리와 같이 천한 사람도 황자님처럼 고생한 적은 없습
니다.〉

[**] 〈바닷물과 눈물에 젖어 있던 내 소맷자락도 배 여행이 끝나고 백옥 열매의 가지를 얻은 기쁨에 오
늘 겨우 말랐으니, 지금까지의 수많은 고생도 분명히 잊히겠지요.〉

🎋 다케토리 이야기

10장. 구라모치 황자와 봉래산의 백옥 열매의 가지 - 4

이렇게 노인과 황자가 이야기를 나누고 있을 때, 웬 남자 여섯이 줄지어 마당으로 들어왔다. 한 남자가 나뭇가지 끝*에 편지를 꽂아 노인에게 올리며 말씀드린다.

"제작소의 장인, 아야베노 우치마로(漢部内麻呂)가 아룁니다.

이 백옥 열매의 가지를 만들기 위해 오곡을 끊고 천여 일간 오직 한 마음으로 일을 했습니다. 그럼에도 불구하고 아직 대가를 받지 못했습니다. 대가를 받아 수하들에게 나누어 주려고 합니다."
라고 말하며 편지를 꽂은 가지를 받들어 올렸다. 노인은,

---

* 당시, 문서 등을 귀인에게 전해 올릴 때는 흰 나뭇가지에 끼워서 올리는 풍습이 있었다.

'이 장인이 대체 무슨 얘기를 하고 있는 것일까?'

하고 의아하게 생각하며 고개를 갸웃거렸다. 황자는 너무 어이가 없어 망연자실해 있다. 이것을 가구야 히메가 듣고,

"그 남자가 올린 편지를 가져오라."

라고 말하고 받아서 보니, 편지에는,

"황자님은 천 일 동안 천한 장인들과 함께 같은 곳에 은거해 계시며 진귀한 백옥 열매의 가지를 만들게 하시고, 보수뿐만 아니라 관직도 주신다고 말씀하셨습니다. 최근 들어 생각해 보니 이 물건은 황자님의 측실(御召)이 되실 가구야 히메가 요구하신 것이라는 사실을 알았습니다. 그래서 이 댁에서 보수를 받고자 하는 것입니다."

라고 쓰여 있었고, 또한 구두(口頭)로도,

"당연히 여기서 받아야 할 것 같습니다."

라고 말하는 것을 듣고 가구야 히메는 해 질 무렵부터 고민하고 있던 마음이 밝아져, 노인을 불러 말한다.

"이 백옥 열매의 가지가 진짜 봉래의 나무인가 생각했는데, 이런 어처구니없는 물건이었으니 어서 돌려주세요."

이에 노인은,

"분명히 만든 물건이라고 들은 이상, 돌려드리는 것이 맞겠지요."

라고 말하며 고개를 끄덕이고 있다. 가구야 히메의 마음은 개운해져서, 조금 전 황자의 노래에,

참인가 하여 유심히 살펴보니 화려한 말로

만들어진 거짓의 백옥 가지더이다*

まことかと 聞きて見つれば 言の葉を

かざれる玉の 枝にぞありける

라고 반가를 읊어, 가짜 백옥 열매의 가지를 돌려주었다.

　한편 노인은 그렇게 황자와 의기투합하여 이야기를 나눈 사실을 부끄럽게 생각하여 자는 체 하고 있다. 황자는 서지도 앉지도 못하고 안절부절 하시다가 날이 저물자마자 아무도 모르게 빠져나가 버리셨다.

　가구야 히메는 대가를 요구하는 장인들을 불러 앉히고,

　"참으로 고마운 사람들입니다."

라고 말하며, 보수를 두둑이 챙겨 주신다.

　장인들은 대단히 기뻐하며,

　"생각했던 대로다."

라고 말하며 돌아간다. 하지만 돌아가는 길에 구라모치 황자가 부하를 시켜 피가 흐를 때까지 그들을 구타하고 돈을 빼앗아, 버리게 하셨다. 장인들은 대가를 받은 보람도 없이 모두 빼앗겨 무일푼으로 뿔뿔이 도망쳐 자취를 감췄다.

　구라모치 황자는,

41

---

* 〈황자님의 말씀을 듣고 진짜인가 하여 백옥 열매의 가지를 살펴보았더니 입에 발린 말로 꾸며진 가짜였습니다.〉

"내 평생 이보다 더한 치욕은 없을 것이다. 여자를 내 사람으로 만들지 못했을 뿐 아니라, 세상 사람이 자신에 대해 왈가왈부할 것이 부끄럽다."

고 말씀하시고, 혼자 깊은 산 중으로 들어가셨다. 황자의 집안사람들과 신하들이 모두가 분담하여 찾았지만, 돌아가시기라도 한 것일까, 결국 찾을 수 없었다. 알고 보니 황자가 일부러 수행원에게 모습을 보이지 않으시려고 여러 해 동안 숨어 지내신 것이었다.

이처럼 백옥 열매의 가지 사건이 있은 후부터 '다마 사카루(정신 나가다)'*라는 말이 사용되기 시작했다고 한다.

---

* '다마 사카루(魂離る)'는 '영혼이 떠나다'라는 뜻으로, 숨을 거둔 것을 의미하지만, 여기서는 '백옥 열매의 가지'와 관련하여 '정신(넋)이 나간' 황자의 상태를 가리킨다.

다케토리 이야기

II장. 아베 우대신과 불쥐의 가죽옷 - I

  우대신 아베노 미무라지는 재산이 많고 가문도 번창한 분이셨다. 히메로부터 가죽옷을 구해올 것을 제안 받은 그해에 때마침 일본에 와 있던 당나라 무역선*의 주인인 오케이(王啓)라는 사람에게 편지를 썼다.

  "불쥐의 가죽옷이라는 것이 있다고 들었는데, 그것을 구해서 보내주시오."

  그리고 이 글을 오노노 후사모리(小野房守)라는 믿을 만한 가신에게 맡겨 당나라로 보낸다. 후사모리는 편지와 돈을 가지고 그 나라에 당도하여, 오케이에게 편지와 함께 돈을 건넸다. 오케이는 편

---

* 당시 일본이 당나라 등과 교역하고 있었던 사실을 알 수 있다.

지를 펼쳐 읽고 답장을 한다.

"쥐의 가죽옷은 당나라에는 없는 물건입니다. 소문으로는 들어 알고 있지만, 아직 본 적은 없습니다. 만약, 이 세상에 있는 물건이라면 당나라에도 분명 들어오겠지요. 하지만 어디에도 없는 것을 보면 이것은 무척 어려운 거래입니다. 그러나 만약 누군가 산지에서 천축(天竺)*에 가지고 들어간 일이 있다면 장자(長者)**의 집 등을 방문하여 구할 수 있겠지요. 하지만 어디에도 없는 물건이라면 사신(使者)에게 맡겨 돈을 돌려 보내드리지요."

라고 쓰여 있다.

그 후 당나라 무역선이 하카타(博多)***에 들어왔다. 대신은 오노노 후사모리가 일본에 도착하여 교토로 상경한다는 소식을 듣고 서둘러 발 빠른 말(馬)을 보내셨다. 후사모리는 이 말을 타고 쓰쿠시(筑紫)에서 7일 만에 상경했다. 오케이의 편지를 보니 다음과 같이 쓰여 있었다.

"불쥐의 가죽옷을 사람을 써서 가까스로 구하여 보내드립니다. 현재에도 과거에도, 이 가죽옷은 좀처럼 손에 넣기 어려운 물건입니다. 옛날, 존귀한 인도의 고승(高僧)이 당나라에 가지고 들어오신 것이 서쪽 산사에 있다는 소문을 듣고, 조정에 탄언하여 간신히 사들여 이렇게 보내드리는 것입니다. '대금이 부족하다'고 그것을 매입

---

* 천축(天竺; てんじく): 당시 동아시아에서 인도를 부르는 명칭.

** 장자(長者; ちょうじゃ): 여기서는 큰 부자를 높여 이르는 말. 거부(巨富).

*** 하카타(博多; はかた): 후쿠오카시 동쪽 일대의 옛 이름으로 한반도와의 교통의 요충지며 교역이 이루어지던 지역이다.

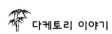
다케토리 이야기

한 관리가 심부름꾼에게 말하여 저의 돈을 보태어 샀습니다. 그러니 50냥*을 더 주셔야 할 것 같습니다. 제 배가 당으로 돌아올 때 돈을 보내 주십시오. 만약 그 대금을 치를 수 없다면 맡긴 그 가죽옷을 돌려주십시오."

이것을 본 우대신은,

"무슨 말씀을……. 얼마 안 되는 금액인데. 아무튼 고맙게도 이 귀한 것을 구해서 보내 주었구나."

라고 말하며, 오케이가 있는 당나라 쪽을 향하여 엎드려 절하신다.

가죽옷이 들어 있는 상자를 보니, 훌륭하고 아름다운 각양각색의 유리가 섞여 풍부한 색채를 만들고 있었다. 그 상자 안의 가죽옷은 감청색**이었다. 털끝은 금빛을 발하며 화려하게 빛나고 있었다. 그야말로 보물 중에 보물로 그 훌륭함이란 무엇과도 비교되지 않는다. 불에 타지 않는다는 사실보다 그 완벽한 아름다움은 세상에 비교할 것이 없다.

45

"과연, 가구야 히메가 탐할 만한 물건이군."

이라고 우대신은 말씀하시고,

"아, 참으로 귀하고 훌륭하구나."

라고 말하며, 가죽옷을 상자에 넣어 꽃가지에 붙이고, 우대신 자신

---

* 당시의 한 냥은 현재의 가치로 약 6만 엔 정도로 50냥은 약 300만 엔 정도.

** 감청색(紺青の色; こんじょうのいろ): 24색상 중(中) 순색의 하나. 파랑에 약간의 빨강이 섞인 색. 파랑과 청자색(青瓷色) 사이의 색으로 파랑과 혼동(混同)하기 쉽다. 색명은 연한 자청색(紫青色)이며 고유 색명은 감청색이다.

도 정성 들여 화장을 하신다.*

　‘틀림없이 이대로 사위로서 히메의 집에 머물게 되겠지.’

라고 생각하시며, 가죽옷에 노래를 지어 첨부하여 가지고 가셨다.

그 노래는,

　　　꺼지지 않는 정열에도 안 타는 가죽옷이니

　　　오늘은 소매 마른 옷 입을 수 있겠죠**

　　　かぎりなき 思ひに 焼けぬ 皮衣

　　　袂かわきて 今日こそは 着め

라는 내용이었다.

46

다케토리 이야기

12장. 아베 우대신과 불쥐의 가죽옷 - 2

우대신은 가죽옷을 들고 가구야 히메의 집 문 앞에 서서 기다리
고 있다. 노인이 나와서 가죽옷을 건네받아 가구야 히메에게로 가서
보여 준다. 히메가 이 가죽옷을 보고,

"근사한 가죽옷이네요. 하지만 이것이 진짜 가죽옷이라는 근거
는 어디에도 없어요."

라고 말하자, 노인이 대답하여,

"어찌 되었든, 먼저 대신님을 안으로 모셔 드리지요. 이 세상에
서는 볼 수 없는 진기한 가죽옷이니, 이 가죽옷이 진짜라고 믿는 것
이 좋을 것 같습니다. 부디 사람을 너무 곤란하게 하지 마세요."

라고 말하며, 대신을 불러서 방(座敷)에 앉게 해 드린다.

'노인이 이렇게 대신님을 방안으로 모셨으니, 이번에는 히메도

분명 결혼하겠지.'

하고 노파도 마음속으로 기대하고 있다. 노인은 가구야 히메가 독신인 것을 한탄스럽게 생각하고 있었기 때문에,

'멋지고 귀하신 분과 결혼시키자.'

하고 이리저리 궁리하고 있었지만, 무슨 이야기를 해도,

"싫어요."

라고만 하니, 억지로 결혼시킬 수도 없는 노릇이라, 노인 부부가 이 것저것 걱정하는 것도 무리는 아니다.

가구야 히메가 노인에게 말하기를,

"이 가죽옷을 불에 태웠을 때, 타지 않으면 이것이야말로 진짜라고 믿고 그분의 말씀에 따르겠습니다. 당신은 '이 가죽옷은 이 세상에 둘도 없는 물건이니까, 이것을 진짜 불 쥐의 가죽옷이라고 믿자.'고 말씀하셨습니다. 하지만 역시, 가죽에 불을 붙여서 진짜인지 아닌지 시험해 봐야겠어요."

라고 말한다. 노인은,

"지당한 말씀입니다."

라고 말하고, 대신에게,

"히메가 이처럼 말합니다."

하고 히메의 말을 전한다. 그러자 대신이,

"이 가죽옷은 당나라에도 없던 것을 겨우 찾아내어 손에 넣은 것이라고 합니다. 그러니 조금도 의심의 여지가 없습니다."

하고 대답하자, 그에 대해 노인이,

"당나라 상인이 그렇게 이야기했다고 해도, 히메가 요구한 대로 어서 불을 붙여 봐 주십시오."

라고 말하므로, 대신은 가죽옷을 과감하게 불 속에 집어넣으셨다. 그러자, 옷은 활활 타 버렸다. 그것을 본 히메는,

"역시 생각했던 대로 가짜 가죽옷이었네요."

라고 말한다. 대신은 이것을 보시고 얼굴이 풀잎처럼 새파래지셨다. 한편 가구야 히메는,

"아, 다행이다."

라며 기뻐했다. 히메는 대신이 조금 전에 읊어 보내신 노래의 답가를 가죽옷이 들어 있던 상자에 넣어서 돌려준다.

> 흔적도 없이 타버릴 것이란 걸 알았더라면
> 불에 태우지 않고 바라만 봤을 것을[*]
> 名残りなく 燃ゆと知りせば 皮衣
> 思ひのほかに おきて見ましを

49

이라고 쓰여 있었다. 그것을 보고 대신은 풀이 죽어 돌아가셨다.

세상 사람들은,

"아베 우대신이 불쥐의 가죽옷을 가지고 와서, 가구야 히메와 결혼을 하신다고 들었는데, 여기에 계시는가?"

---

[*] 〈이처럼, 가죽옷이 흔적도 없이 타버릴 것이라고 미리 알았더라면, 불에 넣지 말고 감상만 했을 텐데, 불에 넣어서 아까운 일을 했네요.〉

하고 묻는다. 그때 그 자리에 있던 집안사람이,

　"가죽옷을 불에 태웠더니 활활 타버려서 가구야 히메는 결혼하시지 않습니다."

라고 말하자, 이것을 듣고 세상에서는 목적을 달성하지 못하고 의욕을 상실한 경우를 '아베'라는 이름에 관련지어 '아헤 나시(보람 없다)'라고 말하게 되었다고 한다.

13장. 대납언 오토모와 용 목의 구슬 - l

오토모노 미유키 대납언이 자신의 집에 시중드는 모든 사람들을
불러 모아놓고,

"용의 목에 오색으로 빛나는 구슬*이 있다고 한다. 그 구슬을 취
하여 헌상하는 자에게는 소원을 들어주겠다."
라고 말씀하셨다. 그러자 가신들이 대납언의 분부를 받들어 여쭙
기를,

"주군의 분부는 대단히 황송한 일입니다. 하지만 이 오색으로
빛나는 구슬은 손에 넣기조차 쉬운 일이 아닌데, 하물며 무서운 용

---

* 동양의 오색으로, 오방색(五方色)이라고 한다. 오행의 각 기운과 직결된 청(靑), 적(赤), 황(黃), 백
(白), 흑(黑)의 음양오행설(陰陽五行說)에서 유래한 순수하고 불순물이 들어 있지 않은 다섯 가지 기
본색.

의 목에 있는 구슬을 어떻게 취할 수 있겠습니까?"

라고 저마다 아뢴다.

이에 대납언이 말씀하시기를,

"적어도 주군을 모시는 가신은 비록 목숨을 버릴지라도, 분부를 완수하려고 생각해야 한다. 인도(天竺)나 당나라(唐土)에 있는 물건도 아니다. 이곳 일본의 바다와 산에서 용이 오르락내리락하는 것이다.* 그것을 어찌 너희들은 어려운 일이라고 말하는 것이냐?"

이에 대하여 가신들이,

"그처럼 말씀하신다면 분부에 따르겠습니다. 아무리 어려운 일이라도 주군의 명령에 따라 용의 목에 있는 구슬을 취하러 가겠습니다."

라고 말씀드리자, 대납언은 눈을 크게 뜨고 위엄을 갖추고는,

"너희들은 오토모의 가신으로 세상에 널리 알려져 있다. 그 주군의 명령을 어찌 거역할 수 있겠느냐?"

라고 말씀하시며, 용의 목에 있는 구슬을 취해 오도록 출발시키셨다. 이 가신들의 여행길 식량 비용으로 저택 안의 비단, 면, 돈 등을 있는 대로 꺼내어 보태 주신다.**

52

---

* 용은 산이나 바다에 머물며, 스스로 비나 폭풍우를 일으키는 힘이 있어 기우(祈雨)의 신으로 여겨졌다.

** 당시에는 화폐가 적어 지방에서는 비단, 면 등으로 물물교환이 이루어졌고 도시와 도시 가까운 곳에서는 돈이 유통되었다.

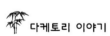

14장. 대납언 오토모와 용 목의 구슬 - 2

대납언은,

"나는 너희들이 돌아올 때까지 근신하고 정진하며* 집에서 기다리고 있겠다. 구슬을 손에 넣지 못하면 집으로 돌아오지 마라."

라고 말씀하셨다. 가신들은 각기 명령을 받고 물러갔다. 그러나 실제로 가신들은,

"주군이 '용의 목에 있는 구슬을 손에 넣지 못하면 집으로 돌아오지 말라'고 말씀하셨으니 어디든 발길이 향하는 곳으로 가자."

라던가 또는,

---

* 정진(精進: しょうじん): ① 힘써 나아감 ② 몸을 깨끗이 하고 마음을 가다듬음 ③ 육식을 삼가고 채식함. 고대의 여행은 매우 위험한 일이었기 때문에 집에 남은 사람이 여행자를 위해 목욕재계하고 안전을 비는 풍습이 있었다.

"참으로 별난 일을 다 시키시는구나."

라고 말하며, 대납언을 제각기 비난했다. 그리고는 대납언이 준 물건을 나누어 가졌다. 어떤 자는 자기 집에 틀어박히고, 어떤 자는 자신이 가고 싶은 곳으로 간다. 가신들은,

"부모나 주군이라고 하더라도 이런 터무니없는 일을 명하시면……."

이라 말하며 납득이 가지 않는다는 듯 대납언을 서로 비난했다.

한편, 대납언은,

"가구야 히메를 아내로 맞이하기 위해서는 평범한 모습으로는 안 되겠지."

라고 말씀하시며, 반듯하고 멋진 집을 지으셔서 옻을 바르고 그 위에 마키에(蒔絵)*를 입혀 벽으로 하시고, 각 용마루에는 실을 여러 가지 색으로 물들여 얹게 하셨다. 각 방의 장식으로는 뭐라 표현할 수 없을 정도로 화려한 능직물**에 그림을 그려 기둥 사이사이에 걸었다. 부인들은 대납언이 계획한 대로 히메와 결혼할 것이라고 예상하여 제각각 혼자서 생활한다.

용의 구슬을 취하기 위해 파견된 가신들은, 대납언이 밤낮으로 기다리는데도 이듬해가 될 때까지 아무런 소식도 전해 오지 않는다.

---

* 마키에(蒔絵; まきえ): 칠공예의 하나. 옻칠을 한 위에 금이나 은가루, 또는 색의 가루를 뿌려 기물의 표면에 무늬를 넣는 일본 특유의 공예

** 능직물(綾織物; あやおりもの): 직물의 기본 조직의 하나. 날실과 씨실을 둘이나 그 이상으로 건너뛰어 무늬가 비스듬한 방향으로 도드라지게 짠 물건.

대납언은 기다리다 못해 아주 은밀하게 단 두 명의 도네리(舍人)[*]만을 수행원으로 하여, 잠행 차림으로 나니와(難波)^{**} 근처로 납시어 그곳 사람에게,

　"오토모 대납언님의 가신들이 바다로 나가 용을 죽이고 그 목에 있는 구슬을 취했다는 말을 듣지 못했는가?"

라고 종자(從者)^{***}에게 묻게 했더니, 뱃사람이 말하기를,

　"이상한 말을 다 듣겠군요."

라고 웃으며,

　"그런 일을 하는 배는 없습니다."

하고 대답하자 대납언은,

　'쓸데없는 말을 하는 뱃사람이네. 내가 무관으로 유명한 오토모 대납언이라는 사실도 모르고 저런 바보 같은 말을 하는군.'

이라고 생각하시며,

　"나의 활은, 용이 있으면 가볍게 쏴 죽여 목의 구슬을 틀림없이 취할 수 있을 것이다. 우물쭈물하며 늦게 오는 놈들 따위 기다리지 않을 것이다."

라고 말씀하신 후, 배를 타고 이리저리 바다를 도는 사이에 너무 멀리 떨어져 나와, 쓰쿠시(筑紫) 쪽 바다까지 와 버렸다.

55

---

[*] 도네리(舍人; とねり): ① 나라(奈良)·헤이안(平安)시대, 천황·황족 등을 가까이 모시며 시중들던 소임. 또는 그 사람. ② 옛날, 귀인의 우마(牛馬)를 다루던 소임. 또는 그 사람.

^{**} 나니와(難波; なにわ): 오사카(大阪) 시와 그 부근의 옛 이름.

^{***} 종자(從者; じゅうしゃ): 귀족을 따라다니며 시중드는 사람. 수행원.

15장. 대납언 오토모와 용 목의 구슬 - 3

어찌 된 일인지 갑자기 강풍이 불고, 주변 일대가 캄캄해져 배가 이리저리로 까불린다. 어느 방향에서 부는지도 모르게 바람이 휘몰아쳐 금방이라도 배가 바닷속으로 가라앉을 것 같고, 파도가 계속해서 덮쳐 와 배를 바닷속으로 휘감고 들어갈 기세다. 번개는 당장에라도 배 위로 떨어질 것처럼 번쩍번쩍 빛을 던지고 있다.

이 같은 모습에 대납언은 매우 당황하여,

"지금까지 이처럼 힘든 상황에 처한 적이 없다. 도대체 어떻게 되려고 이러는가."

라고 말씀하신다. 뱃사공이 대답하기를,

"이곳저곳 수없이 배를 타고 돌아다녔지만, 지금처럼 어려운 경우는 없었습니다. 배가 바다 밑으로 가라앉지 않으면 분명 번개가 떨어질 것입니다. 만일 다행스럽게도 신의 도움이 있다면 틀림없이 남해로 불려가겠지요. 세상 물정 모르는 대납언님의 시중을 들다가 어이없는 죽음을 맞이하게 되었습니다."

라고 한탄하며 운다. 그 말을 들은 대납언은 구토를 하며,

"배에 오른 후에는 뱃사공의 말만 중히 여겨 신뢰하는 것인데, 어찌 이처럼 미덥지 못한 말을 하는가?"

라고 말씀하신다. 뱃사공이 대답하여 말하기를,

"저는 신이 아닌데, 도대체 제가 무엇을 해 드릴 수 있겠습니까? 바람이 불어 파도가 거친 데다가 번개까지 머리 위로 떨어질 것 같은 무서운 상황을 만난 것은 용을 죽이려고 찾으시기 때문입니다. 질풍(疾風)도 용이 불게 하는 것입니다. 그러니 빨리 신에게 비세요."

라고 말하자 대납언은,

"그거 좋은 생각이다."

라고 말하며,

"뱃사공이 제사 드리는 신이시여, 들어주십시오. 저는 제대로 알지도 못하고 어리석게 용을 죽이려고 했습니다. 앞으로는 절대 용의 털끝 하나도 건드리지 않겠습니다."

라고 큰 소리로 맹세하고, 서서는 기도하고 앉아서는 빌며, 그렇게 울며불며 신에게 계속해서 천 번 정도 기도를 올려서일까, 점차 천둥소리가 잦아들었다. 그러나 아직 번개는 가끔씩 번뜩이고 바람은 여전히 강하게 분다.

뱃사공이 말하기를,

"이것은 역시 용의 소행이었습니다. 지금 불고 있는 바람은 순풍으로 좋은 방향으로 불고 있습니다. 상황이 나쁜 바람은 아닙니다. 원하는 쪽을 향하여 불고 있습니다."

라고 말하지만, 대납언은 뱃사공의 말이 귀에 들어오지 않는다.

다케토리 이야기

16장. 대납언 오토모와 용 목의 구슬 - 4

3, 4일 동안 순풍이 불어 배를 되돌려 어느 해안에 닿게 했다. 해안을 둘러보자 그곳은 하리마(播磨)의 아카시(明石)* 해변이었다. 대납언은 그것도 모르고,

'그 남쪽 해변으로 떠밀리어 온 것인가.'

라고 생각하여 한숨을 쉬며 얼굴도 들지 못하고 누워 계셨다. 배에 함께 타고 있던 수행원들이 국부(国府)**에 이 일을 알리고 구조를 요청하여 국수(国守)***가 문안을 왔다. 그런데도 대납언은 일어나지도

---

* 하리마(播磨; はりま): 반슈(播州)의 옛 지명으로, 지금의 효고(兵庫)현 남부. 아카시(明石あかし)는 효고(兵庫)현 남부의 도시.

** 국부(国府; こくふ): 고대에 각 지방에 두었던 행정 관청 또는 소재지

*** 국수(国守; こくしゅ): 각 지방에 주재하며 일반 행정 사무를 맡아보던 고급 공무원. 여기서는 지금의 현지사(県知事)에 해당한다.

못하고 여전히 배 바닥에 누워 계셨다. 이런 대납언을 아카시 해안에 돗자리를 깔고 배에서 내려 드린다. 그때가 되어서야 비로소,

'남해가 아니었군.'

하고 알아차리고 겨우 일어나신 모습을 보자 중한 풍병(風病)에 걸린 사람처럼, 배는 심하게 불러있고 좌우의 눈은 자두를 붙인 것처럼 부어 있었다. 이 모습을 보고 하리마의 국수도 실소를 짓는다.

대납언이 국부의 관리에게 분부하여 가마를 만들게 하시고, 가마에 실려 신음소리를 내며 교토의 집으로 돌아오셨다. 그런데 그 소식을 어떻게 들은 것일까, 용의 목에 있는 구슬을 취하기 위해 보냈던 가신들이 돌아와서 아뢰기를,

"용의 구슬을 취하지 못해 저택으로 돌아올 수 없었습니다. 지금은 주인님도 용의 목에 있는 구슬을 손에 넣는 것이 매우 어려운 일이라는 사실을 아신 것 같아, 더 이상 책망은 없을 것이라 생각하여 돌아왔습니다."

하고 말씀드린다. 대납언이 일어나 앉아,

"너희들이 용의 구슬을 취해 오지 않은 것은 참으로 잘한 일이다. 용은 번개와 같은 것이다. 그 무서운 용의 구슬을 취하려 하다가 많은 사람이 죽을 뻔했다. 하물며 용을 잡았다면 분명히 나는 영문도 모르고 죽임을 당했겠지. 잡지 않은 것은 참으로 잘한 일이다. 그 가구야 히메라고 하는 아주 나쁜 계집이 나를 죽이려고 한 것이다. 이제는 그 계집의 집 근처도 지나지 않을 것이다. 너희들도 그 집 주변을 어슬렁거려서는 안 될 것이다."

라고 말씀하시고, 집에 조금 남아 있던 물건들도 용의 구슬을 취하지 않은 엉뚱한 공로자들에게 나눠 주었다.

　이 이야기를 듣고 헤어져 지내시던 부인은 배가 찢어질 정도로 크게 웃었다. 다양한 색으로 물들인 실을 얹어 만든 지붕은 솔개와 까마귀가 둥지로 하기 위해 죄다 물고 가 버렸다.

　세상 사람들이 말하기를,

　"오토모 대납언님은 정말로 용의 목의 구슬을 취해오신 것인가."

　"아니, 그렇지 않아. 구슬은 구슬인데 좌우의 눈에 자두 같은 구슬 두 개를 붙여 오셨다더라."

라고 말하자,

　"아아, 그런 자두라면 먹을 수 없지."

라고 말한 사실로부터, 애써 수고를 해도 전혀 수지에 맞지 않는 일을,

　"아나 다에가타(아, 참기 힘들어)."

라고 말하기 시작한 것이다.

17장. 중납언 이소노가미노 마로타리와
제비의 안산 조개 - 1

중납언 이소노가미노 마로타리가 자신의 집에서 부리는 남자들
에게로 가서,

"제비가 둥지를 틀면 알려라."

라고 말씀하시자 남자들이,

"무엇에 사용하시려는 겁니까?"

라고 말한다. 이에 중납언이,

"제비가 가지고 있는 안산 조개를 취하기 위해서다."

라고 말씀하신다. 이에 남자들이 아뢰기를,

"제비를 잔뜩 죽여 본다 한들 배에는 아무것도 들어 있지 않습
니다. 그런데 알을 낳을 때에는 어떤 식으로 안산 조개를 내보이는

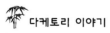

걸까요. 배를 힘껏 밀어 내보이는 것이 아닌가 하고 사람들은 이야기합니다. 하지만 사람이 조금이라도 볼라치면 사라져 버리고 맙니다."

라고 말씀드린다. 또 어떤 자가 말씀드리기를,

　"제비는 오이즈카사*의 밥 짓는 건물의 용마루에 있는 속주(束柱)** 사이사이 구멍에 둥지를 짓습니다. 그곳에 직무에 충실한 남자들을 데리고 가서, 발판을 짜 올려 둥지 안을 살펴보시면 그 많은 둥지 중에는 분명히 알을 낳는 제비가 있을 것입니다. 그렇게 해서 제비의 안산 조개를 취하는 것이 좋을 것이라고 생각합니다."

하고 아뢴다. 중납언은 기뻐하시며,

　"그거 좋은 생각이구나. 그런 사실은 전혀 모르고 있었다. 참으로 흥미로운 사실을 알려주었다."

라고 말씀하시며, 성실한 남자 스무 명 정도를 보내어 발판에 올라가게 하셨다. 그리고 중납언은 심부름꾼을 수차례 보내어,

　"안산 조개를 취했는가."

하고 물으신다.

　제비는 사람들이 올라와 있는 것을 꺼려 둥지 근처에도 다가오지 않는다. 이 같은 사정을 말씀드리자 들으시고는,

　"어찌하면 좋겠는가."

---

* 오이즈카사(大炊寮; おおいづかさ): 율령제에서 궁내성에 속한 기관의 하나. 여러 지방의 쌀과 잡곡을 수납하고 또 그것을 모든 관청에 분리하는 일 등을 담당하는 관청.

** 속주(束柱; つかばしら): 굵은 기둥 주변에 다수의 가늘고 둥근 기둥을 부착시킨 기둥.

하고 어찌할 바를 몰라 이리저리 궁리하고 있으려니까, 오이즈카사의 관리인 구라쓰 마로라 하는 노인이,

"안산 조개를 얻고 싶으시다면 좋은 방법을 알려 드리지요."

라고 말하며 중납언 앞으로 나오자, 중납언은 노인과 이마를 가까이하고 대면하셨다.

18장. 중납언 이소노가미노 마로타리와 제비의 안산 조개 - 2

구라쓰 마로가 아뢰기를,

"이것은 제비의 안산 조개를 취하는 방법으로 좋지 않습니다. 이렇게 해서는 얻을 수 없습니다. 야단스럽게 발판에 스무 명이나 되는 사람이 올라가 있으면 제비가 놀라 둥지에서 멀어져 다가오지 않습니다. 우선 하셔야 할 것은 이 발판을 없애고 사람들을 모두 철수시키는 일입니다. 그다음 믿을 만한 남자 한 사람을 헐겁게 짠 바구니에 태우고 밧줄로 연결하여, 제비가 알을 낳으려고 하는 순간에 그 밧줄을 끌어 올리게 하셔서 잽싸게 안산 조개를 취하는 것입니다."

라고 말씀드린다. 중납언은,

"그거 대단히 좋은 방법이다."

라고 말씀하시며, 발판을 치우게 하시고 사람들을 모두 저택으로 돌려보냈다.

중납언이 구라쓰 마로에게,

"제비라고 하는 놈이 언제 알을 낳을 거라고 예상하여 사람을 끌어 올리면 좋겠는가?"

라고 물으신다. 이에 구라쓰 마로가,

"제비라고 하는 놈은 알을 낳으려고 할 때, 꼬리를 높이 치켜들고 일곱 번 돌고 나서 낳는 것 같습니다. 그러니까 일곱 바퀴째에 밧줄을 끌어올려 안산 조개를 취하게 하시는 것이 좋겠지요."

하고 아뢴다.

중납언은 기뻐하시며, 다른 누구에게도 알리지 않으시고 남몰래 오이즈카사에 가셔서 가신들 사이에 섞여 밤낮을 가리지 않고 지켜보신다. 구라쓰 마로가 이같이 알려준 것을 무척 기뻐하시며,

"우리 집에서 일하는 사람도 아닌데 소원을 성취할 수 있도록 방법을 알려줘서 참으로 고맙구나."

라고 말씀하시며, 자신이 입고 있는 의복을 벗어 주셨다. 그리고,

"밤이 되면 이곳으로 오너라."

라고 말씀하시고 집으로 돌려보내셨다.

19장. 중납언 이소노가미노 마로타리와 제비의 안산 조개 - 3

해가 저물어 중납언이 여느 때처럼 오이즈카사에 가서 보시자 정말로 제비가 둥지 안에 들어와 있었다. 구라쓰 마로가 말한 대로 제비가 꼬리를 들고 돌고 있는 것을 보고 바구니에 사람을 태워 끌어올리게 하여, 제비의 둥지에 손을 넣어 찾게 하셨다. 그러나 올라간 자가,

"아무것도 없습니다."

라고 고하자 중납언은,

"찾는 법이 서툴러서 없는 것이다."

하고 역정을 낸다. 그리고는,

"누가 제대로 찾을 수 있을지 떠오르지 않으니……."

라고 말씀하시다가,

"내가 올라가서 찾아보겠다."

하시고는 바구니를 타고 직접 위로 올라가신다. 중납언이 둥지 안을 살펴보시자, 제비가 꼬리를 치켜들고 계속 빙빙 돌고 있는 터라 때를 맞춰 신속하게 손을 넣으시니 납작한 것이 손에 닿았다.

"뭔가 잡혔다. 어서 내려주게. 노인이여 해냈네."

라고 말씀하신다. 그런데 가신들이 모여들어 급하게 중납언을 내려 드리려고 밧줄을 너무 세게 잡아당긴 나머지, 밧줄이 끊어지며 그와 동시에 중납언은 얼굴을 위로 향한 채 부뚜막 위로 떨어지셨다.

사람들은 기겁을 하며 곁으로 다가가 안아 일으켜 드렸다. 중납언은 눈이 뒤집혀 흰자위만 보인 채로 누워 계신다. 사람들이 물을 떠서 입에 넣어 드리자 겨우 숨이 돌아오신 것을 보고, 부뚜막 위에서 팔과 다리를 들어 올려 아래로 내려 드린다.

"정신이 드십니까?"

하고 묻자, 괴로운 숨소리를 내며 간신히,

"지금 상황은 조금 이해되는데, 아무래도 허리가 움직이지 않는구나. 그래도 안산 조개를 취해 손에 넣으니 기쁘구나. 아무튼 횃불을 가져오너라. 이 귀한 조개가 어떻게 생겼는지 보자."

라고 말하며 머리를 치켜들고 손을 펼쳐보시자, 이게 웬걸, 제비가 싸놓은 똥을 쥐고 계신 것이 아닌가. 중납언이 그것을 보시고,

"아아, 조개가 없다."

라고 말씀하신 일로부터, 세상에서는 기대에 반하는 일을 '가이 나

시(보람이 없다)*라고 말하게 되었다고 한다.

　안산 조개가 아닌 것을 알았기 때문에 중납언은 순식간에 기운을 잃었다. 게다가 가마 대신 준비한 궤짝의 뚜껑 위에도 눕지 못할 정도로 허리가 심하게 부러져 버렸다.

---

* 이소노가미가 안산 조개를 기대하며 손을 펼쳤지만 조개는 없었다. 그는 허리가 부러지면서까지 조개를 얻으려 했지만 헛수고였다. 즉, 고생한 보람이 없었던 것이다. 조개(貝; かい)가 손 안에 없던 것과 보람(甲斐かい)이 없었음을 동음이의어를 이용하여 표현한 언어유희다.

20장. 중납언 이소노가미노 마로타리와
제비의 안산 조개 – 4

중납언은 아이들 장난과 다를 바 없는 일을 벌여 병상에 누운 사실을 사람들의 귀에 들어가지 않게 하려고 애썼지만, 오히려 그 마음 고생이 병의 원인이 되어 몸은 완전히 쇠약해지셨다. 날이 가면 갈수록 안산 조개를 취하지 못한 일보다도 사람들이 소문을 듣고 비웃을 것을 점점 더 신경 쓰시며, 별 것 아닌 병으로 죽는 것보다도 세상의 소문을 부끄럽게 생각하시는 것이었다.

이 사실을 가구야 히메가 듣고 위문으로 보낸 노래에,

오랜 세월을 파도가 오지 않는 스미노 에(住の江)의

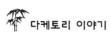

다케토리 이야기

솔(松) 같다고 하는데 그 말이 맞습니까*

年をへて　波立寄らぬ　住の江の

松かひなしと　聞くはまことか

라고 쓰여 있는 것을 시중드는 사람이 읽어 드린다. 그러자 마음은 심히 약해져 있었지만, 중납언은 머리를 들고 시종에게 종이를 잡게 하여 고통 중에 겨우 답가를 썼다.

조개는 없고 이리 끝나버린 게 한탄스럽소

죽어가는 목숨을 구해주지 않겠소**

かひはなく　ありけるものを　わび果てて

死ぬる命を　すくひやはせぬ

글을 다 쓰자마자 중납언은 숨을 거두셨다. 이 사실을 듣고 가구야 히메는 조금 불쌍하게 생각하셨다.

그 후로부터, 조금 기쁜 일을 '가이 아루(보람이 있다)***'라고 말하게 되었다고 한다.

---

* 〈요즘은 오랫동안 저의 집에 들르지 않으시는군요. 파도가 밀려오지 않는 스미노에의 소나무처럼 기다리고 있어도 그 보람이 없을 거라고 합니다만, 사실입니까.〉 스미노에(住之江すみのえ): 현 오사카 시의 남서부에 위치해 있는 지방이며 소나무로 유명함.

** 〈조개가 없어서 실망했습니다만, 히메로부터 위로의 노래를 받으니 약간의 보람은 있었다고 생각합니다. 어차피 동정해주실 거라면, 상사병으로 죽어가는 저의 목숨을 구해주시지 않겠습니까.〉

*** 안산 조개를 구하지는 못했지만 히메의 동정을 얻었기 때문에 보람이 있었다는 의미로, '보람이 없다(가이 나시)'와는 반대 의미로 쓰이고 있다.

21장. 임금님*의 구혼 - l

어느 날, 가구야 히메의 얼굴이 세상에 비길 데 없이 아름답다는 사실을 임금님께서 들으시고, 내시 나카토미노 후사코(中臣のふさ子)에게 분부하셨다.

"많은 사람들의 몸을 고달프게 한 후에도 여전히 결혼하지 않고 있다는 가구야 히메가 어떤 여자인지 직접 가서 보고 오너라."

명을 받고 출발한 후사코는 노인의 집에 도착했다.

다케토리 노인의 집에서는 노파가 황송해 하며 집안으로 안내했다. 후사코가 노파에게,

"임금님께서 가구야 히메의 용모가 매우 아름답다는 말을 들으

---

* 천황을 '미카도(帝 또는 御門)'라고 표기하고 있어, 번역에서도 거기에 걸맞은 '임금님'을 사용했다.

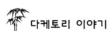
다케토리 이야기

시고, 속히 가서 보고 오라 명하셔서 이렇게 방문하게 되었습니다."
라고 말하자, 노파는,

　"그럼 그 뜻을 히메에게 전하지요."

라고 말하며 안쪽으로 들어갔다.

　그리고 가구야 히메에게,

　"어서 임금님의 사자를 만나보세요."

라고 말하자 히메가 대답했다.

　"그리 아름다운 외모도 아닌데, 어찌 사자를 뵐 수 있겠습니까."

　그러자,

　"당치도 않은 말씀은 하지도 마세요. 임금님의 사자를 어찌 소홀히 대할 수 있겠습니까."

하고 종용하자 히메가 대답하기를,

　"설령 임금님께서 저를 후궁으로 삼으시려고 몇 번을 부르신다 해도 아쉽게 생각하지 않습니다."

라고 말하며 좀처럼 만나려 하지 않는다. 평소에는 자신이 낳은 친자식 같았지만, 이번만은 완전히 주눅이 들 정도로 태도가 쌀쌀맞아, 노파의 마음대로 되지 않는다.

　노파는 내시가 있는 곳으로 돌아와,

　"유감스럽게도 이 미숙한 딸은 고집스러운 면이 있어서 아무리 이야기를 해도 뵈려 하지 않습니다."

라고 말씀드린다. 그러자 내시가,

　"임금님께서 반드시 보고 오라고 말씀하셨는데, 만나지 않고 어떻게 궁궐로 돌아갈 수 있겠습니까? 국왕의 명령을 이 나라에 사는 사람이 어찌 받들지 않고 있을 수 있겠습니까? 이치에 맞지 않는 행동은 하지 마세요."

하고, 노파가 부끄럽게 느낄 만큼 강한 어조로 말하는 것을 들은 히메는 오히려 더 승복하려 하지 않는다.

"왕의 명령을 거역한 것이라고 말씀하신다면, 어서 저를 죽여주세요."

라고 말한다.

22장. 임금님의 구혼 - 2

　　내시는 궁중에 돌아와 자초지종을 고했다. 임금님은 이야기를 들으시고,

　　"그것이 바로 많은 사람들의 몸과 마음을 고달프게 한 비정한 마음이로구나."

라고 말씀하시고, 가구야 히메를 입궁시키려는 생각을 접으려 했지만, 역시 단념하시지 못하고, 여자의 책략에 물러날 수는 없다고 생각하시며 노인을 궁궐로 부르셔서 말씀하신다.

　　"자네가 딸로 곁에 두고 있는 가구야 히메를 내어 주게. 외모가 출중하다고 들어 사자를 보냈지만, 그 보람도 없이 사자와도 대면하지 않았다고 들었네. 이런 무례한 일을 그냥 지나칠 수야 없지."

라고 말씀하신다. 노인은 황송하여,

"그 철부지 딸은 절대 입궁하려고 하지 않으니 어찌해야 할지 난감할 따름입니다. 그렇지만 집으로 돌아가 임금님의 말씀을 다시 전하겠습니다."

라고 아뢰었다. 이를 듣고 말씀하시기를,

"어찌 자네의 손으로 기른 아이인데 생각한 대로 되지 않는 일이 있겠는가. 만약 그 아이를 궁중으로 들여보내 준다면 자네에게 관직을 내리겠네."

노인은 기뻐하며 집으로 돌아와, 전심으로 가구야 히메를 설득한다.

"이처럼 임금님께서 말씀하셨습니다. 그런데도 받들지 않으실 것입니까."

라고 말하자, 히메가 대답하기를,

"그런 후궁 생활은 절대 하지 않을 생각인데, 억지로 후궁 생활을 하게 하신다면 사라져 버리겠습니다. 당신에게 관직을 받게 하고 저는 죽을 뿐입니다."

이에 노인이,

"임금님이 하사하신 관위도 히메를 볼 수 없다면 아무 소용이 없습니다. 그것은 그렇다 치고 어째서 입궁을 하지 않으려는 것입니까? 죽을 만큼 싫은 이유가 있습니까?"

라고 말하자 가구야 히메가 대답한다.

"제가 드린 말씀이 거짓이라 생각하신다면, 저를 입궁시켜서 죽는지 죽지 않는지 시험해 보세요. 많은 귀공자들의 애정 어린 구혼을 전부 외면해 버렸는데, 지금에 와서 임금님의 말씀에 따르는 것은 세상 사람들에게 부끄러운 일입니다."

이에 노인이 이르기를,

"세상이 뭐라 하든 히메의 목숨이 저에게는 가장 소중하기 때문에, 역시 시중들지 않겠다는 사실을 입궐하여 말씀드리지요."
라고 말하며, 입궐하여 임금님께,

"말씀이 황송하여 그 아이를 바치고자 하였으나, 후궁으로 들여보낸다면 죽어 버리겠다고 합니다. 무엇보다 이 미야쓰코 마로(造麻呂)가 낳은 아이도 아닙니다. 옛날에 산에서 발견한 아이입니다. 그러한 연유로 천성도 보통 사람과는 다릅니다."
하고 아뢴다.

23장. 임금님의 구혼 - 3

임금님께서,

"미야쓰코 마로의 집은 산기슭 부근이라고 했던가? 매사냥*을 하는 척하며 히메를 보려고 한다."

라고 말씀하신다. 이에 미야쓰코 마로가,

"그것은 참으로 좋은 방법입니다, 히메가 생각에 잠겨 있을 때 갑자기 행차하신다면 분명히 보실 수 있을 것입니다."

하고 아뢰자 임금님은 서둘러 날을 정하고 매사냥에 나섰다. 그리고 히메의 집에 도착하여 들어가서 보시자, 주변 일대를 환하게 비추며 화려한 자태로 앉아 있는 사람이 있었다.

---

* 백제에서 도래한 것으로, 나라, 헤이안 시대에 매우 활발했으며, 황족과 귀족의 유회 중 하나였다.

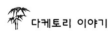
다케토리 이야기

'소문으로 들은 가구야 히메가 바로 이것이구나.'
라고 생각하시며 가까이 다가가시자, 히메는 알아차리고 안쪽으로
도망쳐 들어가려 한다. 임금님이 그 소매를 붙잡으시니 다른 한쪽
소매로 얼굴을 감추고 서 있는데, 꼼꼼히 살펴보시자 세상의 무엇과
도 비교할 수 없을 정도로 훌륭하다고 생각되어,

"절대로 놓아주지 않겠다."
라고 말씀하시며 데리고 가려고 하시자 가구야 히메가 아뢴다.

"제가 이 땅에서 태어났다면 임금님의 뜻대로 시중들게 하실 수
있겠지만, 그렇지 않기 때문에 저를 데리고 가시는 것은 어려운 일
입니다."
하고 말씀드린다. 이에 임금님은,

"어찌 그런 일이 있겠느냐. 역시 어떻게 해서든 데리고 가야
겠다."

라고 말씀하시며 가마를 저택 가까이로 대게 하시자, 가구야 히메는
갑자기 그림자처럼 사라져 버렸다. 그것을 본 임금님은,

'노력도 허사, 지극히 유감이로다.'
'역시 보통사람이 아니었던가.'
라고 생각하시며,

"그렇다면 데리고 가지 않겠다, 그러니 원래대로 돌아오너라.
최소한 그 모습만이라도 한 번 더 보고 돌아가고 싶구나."
라고 말씀하시므로 가구야 히메는 원래의 모습으로 돌아왔다. 임금
님은 계획대로 되지는 않았지만, 과연 히메가 아름답다고 생각하시

는 마음은 멈추려 해도 멈출 수 없었다. 임금님은 히메를 만나게 해
준 노인에게 고마워했다.

24장. 임금님의 구혼 - 4

한편 노인은 임금님을 수행한 여러 관인들에게 성대한 연회를 베풀었다.

임금님은 가구야 히메를 남겨두고 가는 것이 마음에 남아 유감이라고 생각하시며, 넋이 나간 사람처럼 망연한 상태로 돌아가셨다. 임금님은 가마에 타셔서 가구야 히메에게 와카를 읊어 보내신다.

돌아가는 길 허탈하고 힘들게 생각이 되어
자꾸 돌아보는 건 가구야 그대의 탓*

---

* (궁으로 돌아가는 길이 애달프게 생각되어 자꾸 뒤를 돌아보며 가마를 멈추는 것은, 자신의 뜻대로 되지 않는 가구야 히메의 탓이니)

帰るさの　みゆき物憂く　おもほえて
そむきてとまる　かぐや姫ゆゑ

이에 대한 가구야 히메의 답가,

넝쿨 우거진 천한 곳에서 해를 보내온 제가
이제 와서 옥루에 산들 무엇하리요[*]
むぐらはふ　下にも年は　経ぬる身の
なにかは玉の　うてなをも見む

이 와카를 임금님이 보시고 노래에 매료되어 더더욱 돌아갈 곳
을 잃은 것 같은 기분이 들었다. 마음속으로는 도저히 환궁할 수 없
을 것 같은 생각이 들었지만, 그렇다고 해서 이대로 밤을 지새울 수
도 없기에 궁으로 돌아가셨다.

임금님은 환궁하신 후 평소에 가까이에서 시중드는 궁중의 여성
들을 둘러보지만, 누구 하나 가구야 히메의 근처에조차 따라올 만한
사람이 없었다. 지금까지는 다른 사람보다 아름답다고 생각했던 여
성도 가구야 히메와 견주어 보면 도무지 상대가 되지 않았다. 자연
히 가구야 히메의 모습만 마음에 가득 차 그저 혼자 지내신다. 왕후
나 후궁들의 처소에도 들르지 않으시니 어찌할 도리가 없다. 오직

---

[*] 〈넝쿨 우거진 미천한 집에 묻혀 지낸 지 여러 해, 지금에 와서 화려한 옥루의 궁전을 보며 지내고
싶을 리 없지요.〉

다케토리 이야기

가구야 히메 앞으로만 편지를 써 보내신다. 히메는 임금님의 말씀에는 응하지 않았지만, 역시 답장은 정성을 담아 써 보낸다. 임금님도 또한 정취 그윽하게 계절에 맞는 나무와 풀을 주제로 와카를 읊어 보내셨다.

25장. 가구야 히메의 승천 - I

　이처럼 서로의 마음을 위로하며 지낸 지 3년 정도 지난 초봄 무렵부터, 가구야 히메는 달이 풍취 있게 뜬 것을 보며 여느 때와 달리 시름에 잠겨 있는 모습이다.

　히메의 곁에 있는 사람이,

　"달을 보는 것은 불길한 일*입니다."

하고 말렸지만, 가까이에 사람이 없으면 달을 보고 심히 우시는 것이었다.

　7월 15일 달밤, 가구야 히메는 툇마루에 나와 앉아 깊은 시름에 잠겨 있다. 히메의 곁 가까이에서 시중드는 하인들이 다케토리 노인

---

* 예로부터 달은 지나치게 맑아, 달을 직접 바라보면 쉬이 늙는다 하여 달을 감상하는 행위를 기피하는 풍습이 있었다.

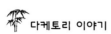
다케토리 이야기

에게 고하기를,

　"가구야 히메가 이전에도 달을 절절히 바라보고 계셨습니다만, 요즘 들어서는 예삿일이 아닐 정도입니다. 뭔가 굉장히 슬픈 일이 있는 게 틀림없습니다. 주의를 기울여 잘 보셔야 할 것 같습니다."
라고 말하는 것을 듣고 노인이 히메에게,

　"무슨 마음이 들어서 이렇게 근심에 잠긴 모습으로 달을 보고 계신 것입니까. 무엇 하나 부족함 없는 좋은 세상인데……."
라고 말하자 가구야 히메는,

　"달을 보면 왠지 세상이 허무하게 느껴지고 나도 모르게 슬퍼집니다. 어찌 다른 근심이 있겠습니까."
라고 대답한다.

　그 후에도 노인이 히메가 있는 방으로 가 보면 역시 생각에 잠겨 있는 모습이다. 노인이 이것을 보고,

　"나의 소중한 딸이여. 도대체 무엇을 고민하는 것입니까? 생각하고 있는 것이 무엇입니까?"
라고 묻자 히메가,

　"고민되는 일은 아무것도 없습니다. 그저 마음이 허전할 뿐입니다."
라고 말하자 노인은,

　"그러면 달을 보지 마세요. 달을 보면 아무래도 생각에 잠기는 것 같으니까."
라고 말하자 히메는,

"어떻게 달을 보지 않을 수 있습니까?"

라고 말하며, 역시 달이 뜨면 툇마루에 나와 앉아 근심에 잠겨 있다.

달이 뜨지 않는 날에는 고민하지 않는 것 같지만, 달이 뜰 때가
되면 여전히 시시때때로 시름에 빠져 있다. 이것을 보고 하인들은,

"역시 괴로운 고민이 있으신 것이 분명해."

하고 소곤거리지만, 부모를 비롯하여 어느 누구도 그 이유가 무엇인
지 모른다.

26장. 가구야 히메의 승천 - 2

8월 15일이 가까운 달밤, 가구야 히메는 툇마루에 나와 앉아 더 없이 서글프게 우신다. 이제는 다른 사람의 시선도 신경 쓰지 않고 우신다. 이것을 본 노부부도,

"도대체 무슨 일입니까?"

라고 물으며 어쩔 줄 몰라 한다. 가구야 히메는,

"전부터 말씀드리려고 했지만, 말씀드리면 틀림없이 심란해 하실 것 같아 지금까지 아무 말도 하지 못한 채 지내왔습니다. 하지만 언제까지 감추고만 있을 수 없는 일이기에 이렇게 말씀을 드립니다. 저는 이 인간세계의 사람이 아닙니다. 달세계의 사람입니다. 그렇지만, 전세(前世)의 숙명으로 이 인간 세상에 내려온 것입니다. 하지만 이제 돌아가야 할 시기가 되어, 오는 8월 15일에 저 달나라에서

저를 데리러 사람들이 옵니다. 어쩔 수 없이 돌아가야 하기 때문에, 두 분께서 한탄하실 것이 슬퍼서 올해 봄부터 탄식하고 있었던 것입니다."

라고 말하며 심히 우는 것을 보고 노인이,

"대체 무슨 말씀을 하시는 겁니까. 대나무 속에서 발견했을 때는 겨자씨만 하던 것을, 내 키와 비슷할 정도까지 키운 내 자식을 도대체 누가 데려간다는 말씀입니까. 그런 일을 어찌 허락할 수 있겠습니까."

라고 말하며,

"저야말로, 먼저 죽어 버리고 싶습니다."

하고 울부짖는 것이 참으로 더 이상 견딜 수 없는 듯하다. 가구야 히메는,

"저는 달나라의 사람이고, 그곳에 친부모가 있습니다. 아주 잠깐이라고 하여 저 달나라에서 내려온 것인데, 이렇게 오랜 세월을 인간 세상에 머물게 된 것입니다.* 저 달나라에 있는 부모도 잊어버리고, 이처럼 긴 세월 머물면서 이곳 생활에 완전히 익숙해졌습니다. 부모가 기다리는 고향으로 돌아가는 것도 그리 기쁘지 않습니다. 오히려 슬플 따름입니다. 하지만 제 뜻대로 되지 않아 이 세상을 떠날 수밖에 없는 것입니다."

---

* 달나라에서의 시간은 인간세계와 다르게 흐른다고 하는 속신이 전제되어 있는 것을 알 수 있다. 단고 지방의 선녀 이야기를 담고 있는 『단고국 풍토기(丹後国風土記)』에도 불로불사의 세상에서 보낸 3년이 지상에서의 3백 년과 같다고 쓰여 있다.

라고 말하며 모두 함께 슬피 운다. 하인들도 긴 세월 친숙해져서 히메와 헤어지는 것이 아쉽고, 히메의 고운 마음씨와 사랑스러움에 익숙해져서 이별 후의 그리움을 생각하니 견딜 수 없는 모양이다. 그들 역시 목구멍으로 물도 넘기지 못할 것 같은 심정이 되어 다케토리 노인 부부와 마찬가지로 슬픔에 잠겨 있다.

27장. 가구야 히메의 승천 - 3

가구야 히메가 달나라로 돌아간다는 이야기를 임금님이 들으시고 노인의 집으로 신하를 보내셨다. 노인이 신하 앞으로 나와 한없이 운다. 이 일로 탄식하는 노인은 백발이 되어 허리도 굽고, 눈도 눈물로 짓물러 버렸다. 노인은 올해 50살 정도였지만,[*] 사신의 눈에는 근심으로 인해 며칠 사이에 폭삭 늙어 버린 것처럼 보였다. 신하가 임금님의 말씀을 노인에게 전한다.

"심히 괴롭고, 근심이 크다고 들었는데 사실인가?"

노인이 울며불며 아뢰기를,

---

[*] 앞에서는 노인의 나이가 70세를 넘은 것으로 언급하고 있어, 50세 정도라는 표현과 모순된다. 이것은, 근심으로 백발이 되고, 허리가 굽고, 눈이 짓물러버렸다는 상황을 강조하기 위한 주관적 표현으로 이해된다.

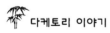

"오는 15일에 달나라에서 가구야 히메를 맞으러 사신이 온다고 합니다. 황송하게도 방문해 주서서 고맙습니다만, 15일에 병사를 파견하셔서 달나라 사람이 오면 물리쳐 주시겠습니까?"
라고 간청한다.

신하는 궁중으로 돌아가 임금님에게 비탄에 빠진 노인의 상황을 고하고, 임금님은 노인이 병사의 파견을 요청했다는 이야기를 들으시고는,

"그저 한번 본 것만으로도 잊기 어려운데, 아침저녁으로 늘 함께하던 가구야 히메가 멀리 떠나면 그 부모의 마음은 얼마나 아플까?"
라고 말씀하신다.

그 15일에 임금님은 각각의 기관에 명을 내리시어, 칙사에 근위소장*인 다카노노 오쿠니라는 사람을 지명하고, 육위부(六衛府)**의 병사 2천 명을 노인의 저택으로 파견하셨다. 저택에 도착한 병사들은 담(築地) 위에 천 명, 지붕 위에 천 명이 올라가 노인의 집에 있는 많은 하인들과 함께 빈틈없이 지킨다. 노인 집 사람들도 활과 화살을 갖추고, 안채에서는 여자들에게 돌아가며 히메를 지키게 한다.***

노파는 흙으로 벽을 두껍게 바른 방 안에서 히메를 끌어안고 있

---

* 고노에 쇼쇼(近衛少将; このえしょうしょう): 근위부(近衛府; このえふ) 사령관 중의 하나.

** 육위부(六衛府; ろくえふ): 헤이안 시대, 궁성과 천황의 수호를 맡은 6개 관청. 좌우로 각기 근위부(近衛府; このえふ)·병위부(兵衛府; ひょうえふ)·위문부(衛門府; えもんふ)가 있었다.

*** 안채는 여자가 기거하는 장소이기 때문에 남성은 출입할 수 없어, 노파를 중심으로 시녀들이 돌아가며 지키고 있는 것이다.

다. 노인도 그 방문을 닫고 입구에서 지키고 있다. 노인이 말하기를,

　"이렇게 엄중히 지키고 있으니 아무리 상대가 천인이라 해도 패하는 일이 있을까? 아니, 절대 패하지 않겠다."

라고 말하며, 지붕 위에 있는 사람들에게,

　"아주 작은 것이라도 하늘에서 날아오는 것이 있으면 즉각 사살해 주세요."

라고 말한다. 지키고 있는 사람들이,

　"이 정도로 엄중히 지키고 있으니 염려 마세요. 박쥐 한 마리라도 보이면 즉시 사살하여 본보기로 밖에 내걸려고 합니다."

라고 말했다. 노인은 이 말을 듣고 믿음직스럽게 생각했다.

28장. 가구야 히메의 승천 - 4

이를 듣고 있던 가구야 히메가 말한다.

"저를 이런 방에 가두고 싸울 태세를 갖추었다고 해도 저 달나라 사람들과는 맞설 수 없습니다. 활로도 쏘지 못할 것입니다. 저를 이렇게 흙으로 두껍게 바른 방에 가두어 놓아도 저 달나라 사람들이 오면 방문은 전부 열려 버릴 것입니다. 아무리 싸우려고 해도, 막상 달나라 사람이 오면 용감하게 대항하려고 하는 사람도 없을 것입니다."

이를 듣고 노인은,

"히메를 맞으러 오는 사람의 눈알을 긴 손톱으로 잡아서 터뜨려 줄 테다. 그리고 그놈의 머리카락을 잡아 아래로 떨어뜨려 줄 것이야. 그 녀석의 엉덩이를 까서 수많은 관리에게 보여 치욕을 당하게 해 줄 테다."

라고 말하며 분을 내고 있다. 가구야 히메가,

　"큰 소리로 이야기하지 마세요. 지붕 위에 있는 사람들이 들으면 정말 부끄러운 일입니다. 지금까지 저를 위해 쏟으신 많은 애정을 저버리고 이 세계를 떠나려고 하는 것이 유감입니다. 오래도록 이 세상에 머무는 것은 전세로부터의 숙명이 아니었기 때문에 곧 떠나야 한다고 생각하니 슬플 따름입니다. 부모님을 조금도 봉양하지 못하고 달나라로 돌아가게 되어, 가는 도중에도 마음이 편치 않을 것 같아서 며칠 동안 툇마루에 나와 앉아, 올해 1년 만이라도 귀환을 늦춰 주기를 요청하였으나, 전혀 받아들여지지 않아 이렇게 한탄하고 있는 것입니다. 심려만 끼쳐 드리고 달나라로 돌아가는 것이 슬퍼서 견딜 수가 없습니다. 저 달나라 사람들은 대단히 아름답고 늙는 일도 없습니다. 걱정거리도 없습니다. 그런 좋은 곳에 가는데도 조금도 기쁘지 않습니다. 연세 들어 쇠약해지실 부모님을 돌보아 드리지 못하는 것이 헤어진 후에도 마음에 남을 것 같습니다."

라고 말하자 노인은,

　"가슴을 옥죄는 뼈아픈 이야기는 하지도 마세요. 아무리 훌륭한 모습을 한 달나라 사신이라 해도 소용없습니다."

라고 원망하며 증오하고 있다.

29장. 가구야 히메의 승천 - 5

　그러는 사이에 초저녁이 지나고 밤 열두 시경이 되자, 집 주변이 낮 이상으로 눈부시게 빛나기 시작하는데, 그 밝기가 보름달 열 개를 합친 정도여서 그곳에 있는 사람들의 모공까지 보일 정도다. 하늘에서 사람들이 구름을 타고 내려와, 지면에서 5척(尺)*가량 올라간 공중에 쭉 늘어서 있다. 이 광경을 보고 집 안팎에 있는 사람들은 무엇인가에 억눌린 듯, 맞서 싸우려는 생각도 들지 않는다. 겨우 마음을 다잡고 활에 화살을 걸고 당기려 해보지만, 팔에 힘이 들어가지 않아 축 늘어져 있다. 그런 사람들 중에서 정신을 똑바로 차리고 있는 자가 애써 활을 당겨 쏘아 보지만, 화살은 전혀 다른 방향으로 빗

---

* '척'은 길이의 단위로 자와 같다. 1척은 약 30cm이므로 따라서 5척은 구름이 지면으로부터 약 1m 50cm 정도 떨어져 있음을 뜻한다.

나가 용감히 싸울 수도 없고, 정신이 몽롱하여 그저 서로의 얼굴을 바라볼 뿐이었다.

공중에 늘어서 있는 사람들이 입고 있는 의복의 훌륭함이란 그 어디에도 비길 데가 없다. 그들 곁에는 하늘을 나는 수레 한 대가 서 있는데, 얇은 비단 덮개(天蓋)를 치고 있다. 그중에서 수장이라고 생각되는 사람이 집을 향해,

"미야쓰코 마로*, 나오라."

라고 말하자, 지금까지 호언장담하던 노인도 무언가에 취한 것처럼 몸을 숙여 엎드렸다. 수장으로 보이는 사람이 말하기를,

"너, 어리석은 자여, 네가 작으나마 선을 행하여 생활에 도움이 될까 해서 잠깐 동안 가구야 히메를 인간세계로 내려보낸 것이다. 오랜 세월 많은 황금을 내려 너는 다시 태어난 사람처럼 부자가 되었다. 가구야 히메는 천상에서 죄를 지으셨기 때문에 이런 미천한 너의 처소로 잠시 오신 것이다. 이제 죄의 기한이 지나 이렇게 맞으러 온 것인데, 너는 울며 한탄하고 있는 것이냐. 아무리 슬퍼해도 소용없다. 어서 가구야 히메를 돌려보내 드려라."

라고 말하자 노인이,

"가구야 히메를 키운 지 20년 남짓 되었습니다. 아주 잠깐 동안이라고 말씀하시니 무슨 말씀인지 이해가 되지 않습니다. 다른 곳에 당신들이 찾고 계신 또 다른 가구야 히메가 계시는 것이 아닙니까."

---

* 미야쓰코 마로(造麻呂; みやつこまろ): 노인의 본명.

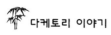

96

라고 대답한다. 또다시 노인이,

"여기에 계신 가구야 히메는 중병에 걸리셔서 밖으로 나오실 수 없습니다."

라고 하자, 답변은 하지 않고 지붕 위에 하늘을 나는 수레를 대어,

"가구야 히메여, 이런 부정한 곳에 어찌 이리 오래 머물려 하시는 것입니까."

라고 말한다. 그러자 히메가 들어가 있던 방의 문이 영문도 모르게 저절로 열렸다. 닫혀 있던 격자* 등도 사람이 없는데 스스로 열렸다. 노파가 끌어안고 있던 가구야 히메는 노파의 품을 벗어나 밖으로 나간다. 어찌해도 막을 수 없어서 노파는 그저 히메를 바라보며 울고 있다.

노인이 마음을 추스르지 못하고 엎드려 울고 있는데 가구야 히메가 다가와서 말하기를,

"저도 마지못해 이렇게 하늘로 가는 것이니, 부디 승천하는 것만이라도 배웅해 주세요."

라고 말하지만 노인은,

"이리 슬픈데 어떻게 배웅을 해 드릴 수 있겠습니까. 저는 이제 어떻게 살라고 내버려 두고 승천하시려는 겁니까? 저도 함께 데리고 가세요."

라고 말하며 엎드려 울자 가구야 히메도 마음이 산란해졌다.

"그러면 편지를 써 두고 가지요. 제가 그리울 때면 편지를 꺼내

---

* 가느다란 나무나 대나무로 바둑판 모양으로 짠 문. 미닫이, 창 등.

어 보세요."

라고 말하며 울면서 쓴 내용은,

"이 인간세계에 태어났다면 두 분을 슬프게 해드리는 일 없이 언제까지나 함께 했을 텐데, 그러지 못하고 이 세상을 떠나게 된 것은 아무리 생각해도 저의 원하는 바가 아닙니다. 남겨 두고 가는 옷을 오래오래 추억거리로 여겨주세요. 달이 뜨는 밤에는 멀리 달을 바라보며 저를 추억해 주세요. 두 분을 버려두고 돌아가는 도중에 떨어져 버릴 것 같은 기분이 듭니다."

30장. 가구야 히메의 승천 - 6

천인 중에 상자를 들고 있는 자가 있다. 그 상자에는 하늘의 날개옷이 들어 있다. 그리고 또 하나의 상자에는 불사약(不死藥)이 들어 있다. 한 천인이,

"항아리에 들어 있는 약을 드세요. 부정한 세계의 음식을 드셨으니 몸 상태가 안 좋으실 것입니다."

라고 말하며 약을 가지고 옆으로 다가왔다. 가구야 히메가 조금 먹고는 추억거리로 벗어 놓은 옷에 조금 싸려고 하자, 그 자리에 있던 천인이 싸지 못하게 한다. 그리고는 하늘의 날개옷을 입히려고 한다. 그때 가구야 히메가,

"잠깐."

이라고 말한다.

"이 옷을 입은 사람의 마음은 지상의 사람과 달라진다고 들었습니다. 잠시 한마디 해둘 말이 있습니다."

라며 편지를 쓴다. 천인은,

"시간이 없으니 빨리하세요."

라고 재촉하자, 가구야 히메는,

"인정 없는 말은 하지 마세요."

라고 말하며 담담하게 임금님께 편지를 쓴다. 조금도 서두르지 않는 모습이다.

"이렇게 많은 사람을 보내시어 달나라로 데리고 가려는 것을 막아 주려 하셨지만, 아무리 해도 용납하지 않는 사신이 저를 맞으러 와서 한스럽고 슬플 따름입니다. 임금님을 섬길 수 없었던 것도 이러한 복잡한 사정이 있었기 때문입니다. 필시 납득이 가지 않으셨겠지만……. 말씀에 따르지 않고 분부를 완강하게 거부하여 무례한 자라고 마음에 두고 계실 것이 저로서는 무엇보다 마음에 걸립니다."

라 쓰고,

> 끝이라 하여 하늘의 날개옷을 입으려 하니
> 당신과의 추억이 무척 그립습니다[*]
> 今はとて 天の羽衣 きるをりぞ
> 君をあはれと 思ひいでける

---

[*] 〈이제는 마지막이라고 생각하여 하늘의 날개옷을 입을 때가 되니 임금님과의 일들이 마음에 스밀 듯 그리워집니다.〉

라는 노래를 읊어 항아리 안에 넣은 불사약과 함께 두중장(頭中将)*을 불러 임금님께 헌상하도록 한다. 이에 천인이 받아 중장에게 건네준다. 중장이 항아리를 건네받자 곧바로 하늘의 날개옷을 히메에게 입힌다. 그러자 노인을 딱하고 가엾게 여기는 마음도 사라져 버렸다. 이 날개옷을 입은 사람은 근심이 없어지기 때문에, 그대로 가구야 히메는 하늘을 나는 수레를 타고 백 명 정도 되는 천인과 함께 하늘로 올라가 버렸다.

---

* 두중장(頭中将; とうのちゅうじょう): 근위부(近衛府)의 중장(中将)으로 근위부의 차관.

31장. 후지산의 연기

그 후, 노인과 노파는 피눈물을 흘리며 어쩔 줄 몰라 하지만, 아무 소용이 없다. 가구야 히메가 남긴 편지를 가까이 있던 자가 읽어 주지만,

"무엇 때문에 목숨이 아까우랴. 누구 때문에 목숨이 아까우랴. 아무것도 쓸데없다."

라고 말하며 약도 먹지 않는다. 그 상태로 일어나지 않고 병상에 누워 있다.

중장은 병사들을 이끌고 돌아가, 가구야 히메를 싸워 지킬 수 없었던 일을 임금님께 소상히 아뢴다. 그리고 불사약이 든 항아리와 가구야 히메가 써 준 편지를 함께 올려 드린다. 임금님은 편지를 펼쳐 읽으시고 무척 애틋하게 여기시며 아무것도 드시지 않는다. 그리

고 연회 등도 열지 않으신다. 대신과, 상달부(上達部)*를 불러,

　"어느 산이 하늘에 가까운가?"

라고 물으시니 대신과 상달부 중의 한 사람이 대답하기를,

　"스루가(駿河)** 지방에 있다는 산이 도성에서도 가깝고 하늘에도

가깝다고 하옵니다."

라고 아뢴다. 임금님은 이 이야기를 들으시고,

　　만날 수 없어 눈물로 지새우는 이내 처지에

　　불사약 있다 한들 무슨 소용 있으랴***

　　逢ふことも　なみだに浮かぶ　我が身には

　　死なぬ薬も　何かはせむ

라고 읊으시어 히메가 올린 불사약이 든 항아리와 함께 신하에게 건
네신다. 칙사로는 쓰키노 이와가사라는 사람을 불러, 스루가(駿河)
지방에 있다고 하는 산 정상으로 가지고 갈 것을 명하시고, 정상에
서 해야 할 일을 말씀하신다. 임금님의 편지와 불사약이 들어 있는
항아리를 늘어놓고 불을 붙여 태울 것을 명하신다.

　그 명을 받들어 쓰키노 이와가사가 많은 병사들을 거느리고

* 상달부(上達部; かんだちめ): 태정대신(太政大臣)·좌대신(左大臣)·우대신(右大臣)·대납언(大納言)·중
　납언(中納言)·참의(參議) 및 3품 이상 당상관의 총칭.

** 지금의 시즈오카 현(静岡県)의 중앙부.

*** 〈히메를 다시 만날 수 없어서 슬픈 눈물로 지새우는 처지에 불사약이 무슨 도움이 되겠는가. 더 이
　상 불필요한 것이다.〉

산에 오른 일에 연유하여 그 산을 병사로 넘치는 산, 즉 후지산 (富士山)이라 이름 붙인 것이다.

그 불사약과 편지를 태운 연기는 지금도 구름 속으로 피어오르고 있다고 전해지고 있다.

일본어 원문

一、かぐや姫の生いたち

　今はもう遠い昔、竹取の翁という者がいたそうだ。その翁は野や山に分け入って、竹を伐り取っては、種々の道具を作るのに使っていた。翁の名を讃岐の造というのだった。

　毎日とる竹の中に、根もとが光る竹が一本あった。翁は不思議に思って、その竹のそばへ寄って見ると、筒の中が光っていた。それをよく見ると、三寸ほどの人が、たいそうかわいらしい姿で竹の中に座っていた。翁が言うには、

「わたしが、朝に夕に、見まわっている竹の中においでになるのでわかりました。あなたは、竹が籠になるように、わたしの子におなりになるべき人であるらしい」

と言って、掌にたいせつそうに入れて、家へ持って来た。妻の嫗に預けて育てさせる。そのかわいらしいこと、この上もない。あまり小さいので、竹籠に入れて育てる。

竹取の翁が竹を取る際に、この子を見つけてから後には、竹を取ると、竹の節と節との間の筒ごとに、黄金の入っている竹を見つけることがたび重なった。このようにして、翁はだんだん裕福になって行く。

　この幼な子は、翁が養育してゆくうちに、竹のようにすくすくと大きく成長する。三か月ぐらいたつうちに、成人式*をあげるにふさわしい一人前の娘になったので、髪上げなど成人式のよい日を占って、髪を結い上げさせ、裳を着せたりした。帳台の中から出すこともなく、大切に育てる。この子の容貌の美しいことは、世間に比べるものがなく、家の中は、この子がいるので暗い所もなく、美しく輝き満ちていた。翁は、気分が悪く苦しい時にも、この美しい子を見ると、苦しさもなくなった。また腹立たしいことも心慰められるのであった。

　翁は、黄金の入っている竹を取ることが長く続いた。そして、勢力さかんな富豪となった。この子もすっかり成長したので、よい名を三室戸の斎部の秋田を呼んでつけさせる。秋田は、なよ竹のかぐや姫と命名した。この間三日というものは、手拍子をうち、舞えや歌えの宴を楽しみ、

107

---

* 성인이 되기 위한 통과의례로써, 남자는 귀족의 경우 관(冠)을, 무사의 경우는 '에보시(烏帽子)'를 처음으로 쓰는 '겐푸쿠(元服)' 의식과, 처음으로 하카마를 입는 '하카마기(袴着)' 의식이 행해졌다. 여자에게는 성인이 되었다는 의미로 처음으로 허리 아래의 뒤쪽에 치마(裳)를 입는 '모기(裳着)' 의식과 머리를 올리는 '유이가미(結い髪)' 의식이 행해졌다.

ありとあらゆる歌舞を演じた。男という男は、誰彼かまわ
ず、よび集めて、大そう豪勢な宴会を催す。

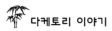

二、かいまみ

　世の中の男という男は、身分の高い人も低い者も、
　「どうにかして、このかぐや姫をめとりたいものだ。妻
としてみたいものだ」
と噂に聞いて、思い焦がれて心を乱す。姫の家のまわりの

垣根にも、その門にも、家内にいる人さえもそう簡単には
姫を見られないのに、夜は夜とて安らかに眠れず、闇の夜
にも出てきては、垣に穴をほじくり、中をのぞき見した
り、それぞれうろたえあった。このようなことがあってか
ら求婚を「よばい(夜這い)」と言うようになった。
　普通の人なら、見過ごして立入ろうともしない所にま
で、うろついたけれど、何の効果もなさそうだった。姫に
はともかくせめて家の人にでも、ものを言おうとして、こ
とばをかけても、家人は相手にしない。それでも、姫の家
のまわりを離れずにいる貴公子たちは、そのまま夜を明か

し、日を過ごす者も多い。姫にそれほど打ち込んでいない
者は、
　「無用の忍び歩きなど、つまらないことだよ」
といって、やって来なくなった。

三、五人の貴公子の求婚 － 1

　その中でも、なおも求婚し続けた者は、世間でも色好み
として有名な五人、姫を思いあきらめる時なく、夜も昼も
やって来た。それぞれの名前は、石作皇子、車持皇子、右
大臣阿倍のみむらじ、大納言大伴御行、中納言石上麻呂足
といった人々であった。この人々は、世間にざらにいる女
でさえ、すこしでも器量がよいと聞いては、わがものにし
たがる人であったから、ましてやかぐや姫の場合は、姫を
手に入れたくて、ご飯も食べず、思い続け、姫の家に行っ
ては、立ち止まったり、うろついたりしたが、その甲斐も
あるはずもない。恋文を書いて送っても、返事一つない。
心苦しさを歌などに書いて送っても、なんの返歌もない。
そんなことをしても無駄だと、取次ぎの人は思うのだが、
五人の人々は、十一月、十二月の霜が降り氷が張る極寒の
季節でも、六月の真夏の太陽が照りつける日中、雷が鳴り
轟く夕立の時でも、苦にせず通って来た。

この人々は、ある時には、竹取の翁を呼び出して、

　　「娘さんを私に下さい」

と伏し拝み、手をすりあわせておっしゃったが、翁は、

　　「私の実の子ではないので、自分の思うままにはできま
せん」

と言って、そのまま月日をおくる。こんなありさまなの
で、この五人の人々は、それぞれ家に帰って、物思いにふ
けり、その苦しみが治まるように神仏に祈り、願いをかけ
る。それでも姫を思う心は消えそうにもない。貴公子た
ちは、

　　「翁がああはいっても、一生涯結婚させないことがある
ものか」

と思って、それに望みをかけている。そこで、ひたむき
に、姫への愛情のほどをみられるように、あるきまわる。

四、五人の貴公子の求婚 － 2

　　これを見つけて、翁が、かぐや姫に言うには、
　　「大事なわが娘よ。あなたは変化の人とは申せ、これほ
どの大きさまで育てあげた、私の愛情は並々ではありませ
ん。ですから翁の申しあげることは、きっと聞き入れて下
さるでしょうね。」
と言うと、かぐや姫は、
　　「どんなことでも、おっしゃることは、承らないことが
ありましょうか。私は変化の者でございましたとかいう身
の上とも知らず、あなたを本当の親とばかりおもっており
ました」
と言う。翁は、
　　「うれしいことを、おっしゃるものですね」
と言う。
　　「この翁は、年は、もう七十歳を越えてしまいました。
今日とも明日とも知れない命です。この世の人は、男は女

と結ばれ、女は男と結ばれることになっています。そのように結婚して後、一門が繁栄するのです。どうして、結婚もせずにおられましょうや」

　かぐや姫が言うには、

　「どうして、結婚なんかいたしましょうか」

と言うので、

　「いくら、あなたが変化の人といっても、女性の身をお待ちになっています。翁がこの世に生きているうちは、このように独身でお過ごしになれるでしょうよ。でも翁が死んでしまったら、こうしてはいられませんからこの五人の方々が長い年月、このように熱心に通い続けておっしゃることを、よくよく考えて、どなたかお一人と結婚なさいませ」

と翁が言うので、かぐや姫が言うには、

　「私が結婚を拒む理由はたいして美しい器量でもないのに、相手方の心の真底も知らないで、結婚した後相手の心が変わってしまったならば、結婚を悔やむこともあるにちがいないのに、と思うだけです。どんなに、相手が世にも高貴な人であっても、その真意を知らないでは、結婚できないと思うのです」

と答えた。翁が言うには、

　「まったく、私の思っているとおりのことをおっしゃい

ますね。いったい、どのような心持ちの方と結婚しようと
お考えなのですか。五人の方々はあれほど並々でない熱意
の持ち主のようですよ」

　かぐや姫が言うには、

　「どれほどの、深いお心持ちを見たいといいましょう
か。ほんのちょっとしたことなのです。五人の方々のお心
持ちは、皆同じでしょうか。どうして五人の中で、誰が劣
り、誰が勝るか知ることができるでしょうや。ですから五
人の中で、私が見たいと思う物を見せて下さった方に、お
心持ちが勝っていると思って、お仕え申し上げましょう、
と、そのいらっしゃる方々にお伝え下さい」
と言う。

　「それはよいことだ」
と翁は承諾した。

五、五人の貴公子の求婚 − 3

　日が暮れる頃、貴公子たちはいつものように集まった。ある者は横笛を吹き、ある者は歌をうたい、ある者は唱歌をし、ある者は口笛を吹き、ある者は扇で拍子をとったりなどしているところに、翁が出てきていうには、

　「もったいなくも、こんなむさくるしい所に、長い年月お通い下さること、まことに恐れ多いことです」
と申し上げた。

　「姫に『翁の命は今日か明日かもわからないので、このように熱心に、おことばをかけて下さる貴公子がたのお一人に、よく考え定めてお仕えなさいませ』と申し上げるのも、もっともなことなのです。姫は、『どなた様も、貴公子として優劣がございませんので、ご愛情の程でどなたかわかりましょう。お仕えすることは、そのご愛情の深さによって決めましょう』と言うので、私も『それはよいこ

とだ。それなら、皆様のお恨みもないでしょう』と言いました」

　五人の貴公子も、

　「結構です」

と言うので翁は家の中に入って、姫にその旨を告げた。か
ぐや姫は、

　「石作皇子様には、仏の御石の鉢というものがありま
す。それを取ってきて下さい」

と言う。

　「車持皇子様には、東の海に蓬莱という山があるそうで
す。そこに、銀を根とし、金を茎とし、白玉を実として立
っている木があります。それを一枝折ってきていただきま
しょう」

と言う。

　「もう一人の方阿倍の右大臣には、中国にある火鼠の毛
皮をいただきたい。大伴の大納言様には竜の首に五色に光
る玉があります。それを取ってきてください。石上の中納
言様には、燕のもっている子安貝を一つ取ってきていただ
きたい」

と言う。それを聞いて翁は、

　「どれもむずかしいことのようですね。この日本の国に
ある物でもありません。そのようなむずかしいことを、ど

うして申し上げられましょうや」

と言う。かぐや姫は、

　「なにが、むずかしいものですか」

と言うので、翁は、

　「まあ、とにかく申し上げてみましょう」

と言って、貴公子たちのところへ出ていって、

　「このように姫が申しております。姫が申し上げるよう
に、その要望にお答え下さい」

と言うので、皇子たち、上達部たちは、それを聞いて、

　「どうして、いっそのこと素直に、このあたりを通るこ
とさえしないで下さい、とおっしゃらないのですか」

と言って、うんざりして、みんな帰ってしまった。

六、石作皇子と仏の御石の鉢

　かぐや姫の難題に、皆うんざりして帰ったが、それでも
やはり、この女と結婚しないでは、この世に生きていられ
そうもない心持ちがしたので、天竺にある品物でも持って
来ないでいられようかと、あれこれ考えめぐらして、石作
皇子は、計算高い人であったので、

　「天竺にも、二つとない貴重な鉢を、たとえ百千万里の
遠くへ探しに行ったとしても、どうして手に入られよう
か。いや、どうせできやしない」
と考えて、かぐや姫の所には、

　「いよいよ今日、天竺へ石の鉢を取りにまいります」
と知らせておいて、三年ほど経って、大和国十市郡にある
山寺の、賓頭盧の前にある鉢で、真っ黒にすすけたのを取
って来て、錦の袋に入れて、造花の枝につけて、かぐや姫
の家に持ってきて見せたので、かぐや姫は、不審に思って

見ると、その鉢の中に手紙がある。ひろげて見ると歌があった。

　　　　海山の 道に心を つくしはて
　　　　ないしのはちの 涙ながれき*

　　かぐや姫が、光があるかと見たところ、蛍ほどの光さえない。

　　　　置く露の 光をだにも やどさまし
　　　　小倉の山にて 何もとめけむ**

といって、歌とともにその石の鉢を返し出した。皇子は鉢を門口に捨てて、この歌の返歌をする。

　　　　白山に あへば光の 失するかと
　　　　はちを捨てても 頼まるるかな***

----

* 〈天竺への百千万里の道のり、海を渡り山を越えて、泣きの涙で手に入れた石の鉢。
　ほんに血の涙が流れました。どうぞ、私の真心を察していただきたいものです。〉
** 〈まことの仏の御石の鉢ならばせめて、草葉の上におく、露の光なりとあるでしょう
　にこれは真っ黒です。あの暗いという名の小倉山で、いったい何を探してきたので
　すか。〉
*** 〈白山のように光り輝く姫の前では、光が消え失せるのかと、いったん鉢を捨てて
　も、そのうち鉢が光を放ち、姫のお心が得られるのではないかと、厚かましく恥を捨

다케토리 이야기

と詠んで、かぐや姫のもとに送り入れた。

　かぐや姫は、もう返歌もしなくなった。皇子のことばに耳を傾けようともしないので、未練がましくぶつぶつ言いながら帰ってしまった。

　あの鉢を門口に捨てて、また、さらに本物と言い張ったことから、恥を知らず厚かましいことを、世間では「恥を捨てる(はじをすてる)」と言うようになったとさ。

てて、つい期待されるのですよ。〉

七、車持皇子と蓬莱の玉の枝 －1

　　車持皇子は、策略にたけた人で、朝廷には、

　　「筑紫の国に、湯治に参ろうと思います」

と言って、休暇をお願い申し上げて、かぐや姫の家には、

　　「玉の枝を取りに参ります」

と使いの者に告げさせて、都を後になさるので、お供すべ
き人々は、みな難波の港までお送りした。皇子は、

　　「ごく私的な旅だから」

とおっしゃって、供人も多くは連れておいでにならない。
日常から皇子の身辺にお仕えしている供人だけを連れて、
船出なさった。お送りに来た人々は、お見送り申し上げて
京に帰った。このように、皇子は筑紫の国にお出かけなさ
ったと人々には、思われるようになさって、三日ほど経っ
て、また難波に漕ぎ帰られた。

　　出発に先立って、あらかじめ手はずを命じてあったの
で、その当時、非常に貴重な存在であった鋳物の細工師六

人を召し寄せ、容易に人が近寄りそうもない家を作って、かまどを三重に囲い設けて、細工師をお入れになり、皇子も同じ所にお籠りになって、このたくらみをお知らせになった者すべて十六人、それを天井に煙出しの通風穴を開けて閉じ込めて、玉の枝をお作りになった。かぐや姫がおっしゃったように、寸分違わず作りあげた。

　それをたいそううまくごまかして、難波の港にこっそり持ち出した。皇子は、
　「船に乗って帰って来たのだ」
と、ご自分の御殿へお使いを出して、たいへんひどく疲れ果てた様子でいらっしゃった。御殿からは、お迎えに多くの人が参上してきた。玉の枝を長持に入れて、覆いをかけて大切に京に持っていらっしゃった。いつの間に、世間の人々は耳にしたのであろうか、
　「車持皇子は、珍しい優曇華の花を持って都へお上りなさった」
と言いさわいだ。これをかぐや姫が聞いて、
　「この様子では私は皇子にきっと負けてしまう」
と不安で、いたたまれない思いであった。

八、車持皇子と蓬莱の玉の枝 － 2

こうしている間に、門をたたいて、
「車持皇子さまがおいでになりました」
と皇子の従者が告げる。

「旅の御装束のままでおいでになりました」
と家の者が言うので、翁が出てお会い申し上げる。
皇子がおっしゃるには、
「命がけで、あの玉の枝を持って来たことだ」
といって、
「かぐや姫に、お見せ申し上げて下さい」
と言うので、翁は、玉の枝を持って姫の部屋に入った。この玉の枝には,文がつけてあった。

いたづらに　身はなしつとも　玉の枝を

　　手折らでただに　帰らざらまし*

　姫は、この歌をしみじみとも見ないでいると、竹取の翁
が息せき切って言うには、
　「あなたが、この皇子に申し上げなさった蓬莱の玉の枝
を、皇子は、一点の違うところなく、お持ちになっていら
っしゃいました。何を理由に、あれこれ文句をつけられま
しょうぞ。しかも旅の御装束のまま、ご自分の御殿へもお
寄りにならず、おいでになられたのです。はやくこの皇
子と結婚して、妻としてお仕えなさいませ」
と言うのに、姫は返事もせず、ほおづえをついて思案にく
れ、ひどく嘆かわしそうに思い沈んでいる。この皇子は、
　「今となって、あれこれ言ってはいけませんよ」
と言いながら、姫の部屋の縁側にはい上りなさった。翁
は、皇子の行動ももっともなことだと思ったので姫に、
　「この日本の国では見られない玉の枝です。この度は、
どうしてお断りできましょうか。お人柄もよい方でいらっ
しゃいます」
などと言っている。かぐや姫が言うには、

125

---

* 〈わが身は空しくなってしまっても、大切な玉の枝を手に入れずには、決して戻って
　こなかったでしょう。〉

「親のおっしゃることを、ひたすらお断り申しあげるの
がお気の毒ゆえ、わざと手に入れがたい物を申し上げた
のに」

　このように、あきれるほどに注文通りの玉の枝を持って
来たことを、姫は憎く思い、一方、翁はすっかりその気に
なって寝室の中の用意などをする。

九、車持皇子と蓬莱の玉の枝 − 3

　翁が、皇子に申し上げるには、
　「どのような所に、この木はございましたのでしょう
か。不思議であり、またりっぱで、すばらしい物でござい
ます」
と申し上げる。皇子が答えておっしゃるには、

　「一昨昨年の二月十日頃に、難波より船に乗って大海に
出て、これからの行く先もわからず不安に思われたが、願
うことがかなわないでこの世に生きていても何になろうか
と思ったので、ただあてもなく風にまかせて漕ぎまわりま
した。もし命が尽きたなら、それまでであるが、生きてこ
の世にあるうちは、こうして漕ぎまわって、蓬莱とかいう
山にめぐり逢うかもしれないと、波間を漕ぎ漂い続けて、
わが日本の海域を離れて漕ぎ進んで行ったところ、ある時
は、波が荒れては、今にも海底に沈みそうになり、ある時
には、風のままに、知らない国に吹き寄せられて、鬼のよ

うなものが出てきて、我々を殺そうとした。ある時には、やって来た方向も行先もわからず、大海の中に紛れ込みそうになりました。ある時には、食糧が尽きて、草の根を食物としました。ある時は、なんともいえない気持悪いものが出てきて、食いかかろうとしました。ある時には、海の貝を取って命をつなぎました。

　旅先で、誰も助けてくれそうな人もいない所で、さまざまな病気にかかり、これから先が、まったく心もとなかったです。ただ船の進むのにまかせて、海を漂流して、五百日目という日の午前八時頃に、大海の中にかすかに山が見えました。船中こぞって、先を争って見ました。近づいてみると、海上に浮かんでいる山は大変大きいものでありました。その山の姿は高く整っていました。これこそ私の探し求める蓬莱の山であろうと思って、うれしいものの恐ろしく思われて、山の周囲を漕ぎまわらせて、二三日ほど様子を見て行くと、天人の衣装をつけた女が、山の中から出てきて、銀の鋺を持って水を汲み歩いていました。これを見て、船から下りて、

　　『この山の名は何と言いますか』
と聞くと、女が答えて言うには、

　　『これは蓬莱の山です』
と答えました。これを聞くと、この上もなくうれしい。こ

の女は、

　『そうおっしゃるのはどなたなの』
と尋ね、

　『私の名、ほうかんるりよ』
と言って、すっと山の中に入ってしました。

　その山を見ると、まったく登れそうにありません。その山の切り立った周りを回ってみると、この世の中には見られない花の木が立ち並んでいました。金・銀・瑠璃色の水が、その山より流れ出ていました。その流れには、さまざまな色の玉を散りばめた橋が渡してありました。その附近には照り輝いている木が立っていました。その中で、この折って取ってまいりましたものは、ひどく劣っていましたが、姫がおっしゃったのに、もしも違っていたならばまずいだろうと、この花を折って参ったのです。山には、この上なく心魅かれました。この世にたとえようもありませんでしたが、この枝を折って手に入れたので、早く持ち帰ろうととても気がせいて、船に乗って、順風が吹いて、四百日余りで帰って参りました。仏さまの大慈悲のお力添えでしょうか、難波から、つい昨日都に帰って参りました。まったく潮水に濡れた着物さえ脱ぎ替えもしないで、ただちにこちらに参ったのです」
とおっしゃるので、翁はそれを聞いて、たいへん心うた

129

れ、ため息をついて、詠んだ歌、

　　　くれ竹の　よよのたけとり　野山にも
　　　さやはわびしき　ふしをのみ見し*

　　この歌を皇子が聞いて、
　　「長い間思い悩んでいました私の心は、今日、やっと落
ち着きました」とおっしゃって、返歌、

　　　わが袂　今日かわければ　わびしさの
　　　千種の数も　忘られぬべし**

とおっしゃる。

---

* 〈年久しく野山に分け入った、竹取のごときいやしい者でさえ、皇子様のように苦労
　したことはありませなんだ。〉

** 〈潮と涙に濡れていたわが袂も、船旅も終わり玉の枝を得た喜びに、今日、やっと乾
　いたので、これまでの数々の苦労も、きっと忘れ去ることでしょう。〉

다케토리 이야기

十、車持皇子と蓬莱の玉の枝 － 4

　　こうして翁と皇子が話し合っているうちに、男ども六人が連れ立って庭にやって来た。一人の男が、文挟に手紙をはさんでさし出して申し上げる。

　　「作物所の工匠、漢部内麻呂が申し上げますのは、玉の木をお作り申し上げましたこと、大切な穀類を断って、千余日もの間、一心に動きましたこと、一通りではございません。それにもかかわらず、お手当をまだいただいてはおりません。これをいただいて、手下どもにちょうだいさせたいのです。」
と言って、文挟を捧げている。竹取の翁は、

　　「この工匠らが申し上げることは何事であろうか」
と不審に思い首をかしげている。皇子は、ぼう然として、ど肝を抜かれていらっしゃった。

　　これを、かぐや姫が聞いて、

　　「その男の捧げている手紙を取れ」

と言って、取らせて見ると、手紙に申し上げるには、

「皇子様は、千日の間、自分たち賤しい工匠らといっしょに、同じ所に隠れていらっしゃって、すばらしい玉の枝を作らせなさって、お手当だけでなく官職をも与えようとおっしゃられました。このことを、この頃になって考えてみますと、皇子の御召人とおなりになるはずのかぐや姫がお求めなさるのであったよ、とわかりまして、それではこちらのお邸からお手当をいただきたい」

と書き申し上げてまた口頭でも、

「当然、こちらでいただくべきものです」

と言うのを聞いて、かぐや姫の、日暮れとともに思い悩んでいた気持も明るくほころんで、今までとは逆に翁を呼びつけていうには、

「この玉の枝は、本当に蓬萊の木かと思いましたが、こんな、あきれかえった作りごとだったのですから、はやく、この木をお返し下さいませ」

と言うので、翁は答えて、

「はっきりと、お作らせになった偽物と聞きましたからには、お返しすることはいとも簡単です」

とうなずいていた。かぐや姫の心は、すっかり晴れてしまって、先程の皇子の歌の返歌をする、

まことかと　聞きて見つれば　言の葉を
　　　かざれる玉の　枝にぞありける[*]

と言って、返歌とともに玉の枝も返してしまった。

　竹取の翁は、あれほど皇子と意気投合して、話し合った
ことが、やはり気まずく思われて、狸寝入りをしている。
皇子は、立っているのも気がひけ、すわっていることも気
まずくおろおろしていらっしゃる。日が暮れてきたので、
皇子は夕闇にまぎれて、そっと抜け出られた。

　あの訴えをした工匠どもを、かぐや姫は呼びよせて庭に
すわらせて、

　「うれしい人たちですね」

と言って、ご褒美をたくさんお与えになる。工匠どもが、
たいへん喜んで、

　「案の定、思った通りだったなあ」

と言って帰って行く途中で、車持皇子は工匠どもを血が流
れるまで、いためつけさせなさった。せっかくご褒美をも
らったかいもなく、全部取り捨てさせなさったので、工匠
どもは逃げ帰ってしまった。

　こうして、この皇子は、

---

[*] 〈皇子様のお話を聞いて、本当かと思って玉の枝をよく見ると、口先で言いつくろっ
　た偽物の玉の枝であったのですね。〉

「一生の中での恥、これ以上のものはあるまい。女を自
分のものにできなかっただけでなく、世間の人々が、自分
を見て、あれこれ思うのが恥しいことだ」
とおっしゃって、ただお一人で、深い山へお入りになられ
た。宮家の家来や宮に近侍の人々が、みんなで、手分けを
してお捜し申し上げたが、お亡くなりにでもなったのであ
ろうか、とうとう見つけ申し上げないままとなった。実は
皇子が、お供の人々に姿をお隠しなさろうと思って、何年
かお姿をお見せにならなかったのだ。

　このような玉の枝のことがあってから、「たまさかる(魂
離る)」と言いはじめるようになったとさ。

十一、阿倍の右大臣と火鼠の皮衣 － 1

　右大臣阿倍のみむらじは、財産が豊かで、家族多く、家一門繁栄の方でいらっしゃった。姫から皮衣を求められた年、折よくやって来た唐の貿易船の主、王啓という人の所に手紙を書いて、

　「火鼠の皮とかいう物を、買ってよこしてくれ」
といって、お仕えする家臣の中で、心のしっかりした者を選んで、その小野房守という人を、手紙につけてつかわす。房守は手紙と金を持ってかの地に到着して、唐の国にいる王啓に、手紙といっしょに金を渡す。王啓は手紙をひろげて見て、返事を書く。

　「火鼠の皮衣は、この唐にはない物です。うわさには聞いておりますが、まだ見たことはありません。もし、この世の中にある物ならば、この唐の国にもきっと持って参っていることでしょうに。それがないところを見るとこれは、大変難しい取引きです。しかしながら、もしも、天竺

にたまたま持って渡っているならば、長者の家などに訪ね求めましょうに、それでもないものならば、使者に託して、金をお返し申し上げましょう」
と書いてある。

その唐の貿易船が博多にやって来た。小野房守が唐土から日本に帰参して、京へ上るということを大臣が聞いて、足の速い馬をもって急ぎ走らせ、房守を迎えさせなさる時、房守はその馬に乗って、筑紫からたった七日で上京して来た。王啓からの手紙を見ると、次のように書いてある。

「火鼠の皮衣、やっとのことで、人を使って入手し、お届けいたします。今の世にも、昔の世にも、この皮衣はめったにないものなのですよ。その昔、尊い天竺の高僧が、この唐の国に持参なされたものが、西の方の山寺にあると耳にしまして、朝廷に申請して、やっとのことで買い上げて、こうしてさしあげるのです。『代金が不足だ』とその使いに当った役人が、使いの者に申しましたので、この王啓が金を足しまして買いました。もうあと五十両の金をいただかねばなりません。私の船が唐に帰る時に、それに託してお金をお送り下さい。もし、その代金がいただけないものならば、あの、お預けした皮衣を返して下さい」
と書いてあることを見て右大臣は、

「なにをおっしゃる。お手紙によればあともう僅かの追
加金のようだ。うれしいことに、よく届けてくれたものだ
なあ」
と言って、王啓がいる唐の国の方に向かって、伏し拝みな
さる。

　この皮衣が入っている箱を見ると、さまざまな端麗な
瑠璃をとりまぜて色彩豊かに作ってある。その中の皮衣を
見ると、紺青の色である。毛の先には、金色の光がして、
華麗に輝いている。まさに宝物と思われ、立派なこと他に
くらべるものがない。火に焼けないということよりも、ま
ず、輝くような美しさが世にくらべようがない。

　「なるほど、かぐや姫が、ほしがりなさるだけの物はあ
るなあ」
と右大臣はおっしゃって、

　「ああ、尊く立派だこと」
と言って、皮衣を箱にお入れになって、なにかの花の枝に
つけて、また御自身の化粧を念入りになさって、

　「このまま、きっと婿として姫の家に泊りこめるだろ
うよ」
とお思いになって、皮衣に歌を詠み添えて持っていらっし
ゃった。その歌は、

かぎりなき 思ひに焼けぬ 皮衣

袂かわきて 今日こそは着め*

と詠んであった。

---

* 〈姫を果てしなく愛するその思いの火にも燃えない皮衣を手に入れ、やっと念願がか
なえられ、悲嘆の涙に濡れていた袂も乾き、晴れて今日は共寝の衣を着ましょう。〉

다케토리 이야기

十二、阿倍の右大臣と火鼠の皮衣 − 2

　　右大臣は、かぐや姫の家の門口に、皮衣を持参して立っている。竹取の翁が出てきて、皮衣を受け取ってかぐや姫に見せる。かぐや姫が、この皮衣を見ていうには、

　　「みごとな皮衣のようですね。でもこれが特に、本当の皮衣であるともわかりません」

　　竹取の翁が答えていうには、

　　「どちらにしても、まず、大臣様をお呼び入れ申し上げましょう。この世の中に見られない見事な皮衣のようすですから、この皮衣を本物と思いなされ。どうか、人をひどく困らせ申し上げなさらないでください」
と言って、大臣をお呼びして座敷に座らせ申し上げた。

　　「翁が、このように、大臣を座敷に招き申しあげたからには、このたびは、姫もきっと結婚するだろう」
と嫗もまた、心の中で思っている。この翁は、かぐや姫が独り身であるのを、嘆かわしく思ったので、

「立派な高貴な方と結婚させよう」

とあれこれ考えるのだったが、どうしても、

「いやです」

と言うので、無理にも結婚させられないから、翁たちがいろいろ心配するのも、もっともである。

かぐや姫が翁に言うには、

「この皮衣は、火に焼いた場合に、焼けなかったならば、それこそ本物であろうと思って、あの方の言うことにも従いましょう。翁は『この皮衣は、この世の中にない物だから、それを本物の皮と信じよう』とおっしゃいました。でもやはり、この皮を焼いて本物かどうか試してみましょう」

と言う。翁は、

「それは、もっともなことを言われた」

と言って、大臣に、

「姫がこのように申しております」

と言う。大臣が答えていうには、

「この皮衣は、唐土にもなかったのを、やっと探し求めて手に入れたそうです。何の疑わしいところがあろうか」

それに対して、翁は

「唐土の商人がそのように申しましても、やはり、姫が申しますようにはやく、お焼きになってみて下さいませ」

と言うので、大臣が、火の中に、思いきって皮衣をくべて、焼かせになると、めらめらと焼けてしまった。それで、姫は

　「やはり思った通り。なんと偽物の皮衣だったのだわ」
と言う。大臣は、これをご覧になって、顔は、草の葉の色のように真っ青になっていらっしゃる。一方かぐや姫は、

　「まあ、うれしい」
と喜んでいた。大臣が、さきほどお詠みになった歌の返しを、皮衣が入っていた箱に入れて返す。

　　名残りなく　燃ゆと知りせば　皮衣
　　思ひのほかに　おきて見ましを*

と書いてあった。そこで、大臣はすごすごとお帰りになった。

　世間の人々は、

　「阿倍の大臣様は、火鼠の皮衣を持っておいでになり、かぐや姫とご結婚なさるのですってね。ここにいらっしゃるのかしら」

————————————

* 〈このように、皮衣が跡かたもなく燃えてしまうと、前もって知っていたら、あれこれ心配しないで、火にくべたりしないで見ていたでしょうに。火に入れて惜しいことをしました。〉

など翁の家の者にたずねる。その場にいた翁の家の者
が、答えていうには、
　「皮衣は、火にくべて焼いたところ、めらめらと燃えて
しまったので、かぐや姫は結婚なさりません」
と言ったので、これを聞いて、世間では、目的を達成でき
ず、張合いを失ったことを、「阿倍」にかこつけて「あへな
し」(阿倍無し)と言ったとさ。

十三、大伴の大納言と龍の首の玉 − 1

　大伴御行の大納言は、我が家に仕えるすべての人々を呼び集めておっしゃることには、

　「龍の首に、五色に光る玉があるそうだ。その玉を取ってきて献上する者には、願いごとをかなえてやろう」
とおっしゃる。家臣たちは、大納言の仰せ事を承って申し上げることには、

　「殿の仰せ事は、とても恐れ多いことでございます。ただし、この五色に光る玉は、容易に手に入れ難いものでしょうに、まして、恐しい龍の首についた玉など、どうして取れましょうや」
と口々に申し上げる。

　そこで大納言がおっしゃるには、

　「いやしくも主君に仕える家臣という者は、たとえ生命を捨てても、自分の主君の仰せ事を果そうと思うべきである。この日本にない、天竺や唐土の物でもない。この日本

の海や山から、龍は昇り降りするものなのだ。それを何と思って、おまえたちは、難しいものと申せようか」

これに対して家臣どもが申し上げるには、

「そのようにおっしゃるならばどうしようもございません。どんな困難なことでも、殿の仰せ事に従って、龍の首の玉を探しにまいりましょう」

と申すので、大納言は、大きく目を見開いて威厳をもって、

「お前たちは、大伴の家臣として世間に知れわたっている。その主君の命令にどうして背けようや」

とおっしゃって、龍の首の玉を取りにといって、出発させなさった。この家臣たちの、道中の食糧の費用として、御殿の内の絹・綿・銭などありったけの物を取り出して、食物に添えておやりになる。

十四、大伴の大納言と龍の首の玉 - 2

　大納言は、

　「この人々が帰るまで、身をつつしみ精進して、わたしは家で待っていよう。この玉を入手できないでは、家に帰って来るな」

とおっしゃった。家臣たちは、それぞれご命令をいただいて、退出していった。その実、家臣たちは、

　「殿が『龍の首の玉を入手できないならば、帰って来るな』とおっしゃったので、どこへなりとも、足の向いた方へ行こう」

とか、また

　「よくも、まあ、こんな物好きなことをなさることよ」

と、大納言を口々に非難した。大納言が与えた品物は、それぞれ分け合って取る。ある者は自分の家に閉じこもり、ある者は自分の行きたい所へ行く。家臣たちは、

　「親・主君と申しても、こんなとんでもないことを言い付

けなさるなんて……。」
と、納得がいかないので、大納言を非難しあった。

　一方、大納言は、
　「かぐや姫を妻として迎えて置くには、普通のさまでは
みっともない」
とおっしゃって、端整な立派な家をお造りになって、漆を
塗って、その上に蒔絵をほどこしては、壁となさって、各
棟々は、糸を染めて、さまざまな色を葺かせになり、また
室内の各部屋ごとの装飾には、なんとも言いようもないほ
ど華麗な綾織物に絵を描き、柱の間ごとに張ってある。前
からいた妻たちは、大納言が必ず姫と結婚するだろうと心
づもりして、それぞれ独り暮しをなさっている。

　龍の首の玉を取りにやった家臣たちは、大納言が夜も昼
も待っていらっしゃるのに、翌年になるまで、何の音沙汰
もない。待ちかねて、ごくないしょで、たった二人の舎人
を従者として連れ、おしのび姿で、難波近辺におでましに
なり、人にお尋ねなさることには、
　「大伴の大納言殿の家臣が、船に乗って、龍を殺して、
その首の玉を取ったとか、耳にしていないかね」
と、従者に尋ねさせると、船人が答えて言うには、
　「妙なことですなあ」
と笑って、

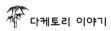

「そのようなことをする船なんてないですよ」

と答えると大納言は、

　「くだらんことを言う船人だなあ。私を武門の誉れ高き大伴大納言とも何も知らないで、あんな馬鹿なことを言う」

とお思いになって、

　「わが弓の力は、龍がいるなら、ひょいと射殺して、首の玉は、きっと取ってしまうだろう。ぐずぐずして、後からやってくる連中なんぞ待つまい」

とおっしゃって、大納言は船に乗って、あちらこちらの海を漕ぎ廻られるうちに、大変遠く離れて、筑紫の方の海に漕ぎ出してしまわれた。

147

十五、大伴の大納言と龍の首の玉 － 3

　どうしたことか、急に強風が吹いて、あたり一面まっくらになって、船をあちらこちらと吹き流す。どちらの方角ともわからず、今にも船を海中に引き入れるように風が吹きまくり、波は船に打ちかかっては、船を海中に巻き入れんばかり、雷は今にも落ちかかるように、ピカピカと光を放ってくる。

　このような有様に、大納言はあわてふためいて、

　「まだ、このような辛い目に会ったことはない。いったいどうなってしまうのだ」

とおっしゃっる。船頭が、答えて申し上げるには、

　「あちこち、幾度となく船に乗って廻りましたが、まだ、こんな辛い目に会ったことがありません。お船が海の底に沈まないならば、きっと雷が落ちかかってくるでしょう。もし、幸いにも神のお助けがあるならば、きっと南海に吹き着けられるでしょう。情けない御主人さまの許にお

仕えして、思いがけなくつまらない死に方をしなければならないわい」

と言って、船頭は泣く。大納言は、これを聞いておっしゃるには、

　「船に乗っては、船頭の申すことだけを重んじ信頼するのに、どうして、このように頼りないようなことを申すのか」

と、青反吐をはいておっしゃる。船頭が答えて申すには、

　「わたしは、神様ではありませんから、いったい、何をしてあげられましょうや、風が吹き、波が荒くても。その上、雷までも頭上に落ちかかりそうなのは、龍を殺そうとおさがしになるから、こんな恐ろしい目に会うのです。疾風も龍が吹かせるのです。はやく神様にお祈り下さい」

と言う。大納言は、

　「それはよいことだ」

と言って、

　「船頭のお祭りの神様、お聞き下さい。わたしは、しっかりした考えもなく、愚かにも龍を殺そうと思いました。これから後は、けっして、龍の毛先一本なりとも動かし申し上げますまい」

と大声で誓願のことばを唱えて、立っては祈り、座っては念じたり、泣く泣く、神様に祈り続けなさること、千度ほ

ど申し上げなさったせいであろうか、しだいに、雷が鳴り止んだ。だが稲妻がすこし光り、風は依然として強く吹く。

　船頭が言うには、

　「これは龍のしわざだったんだなあ。この吹く風は、順風で、よい方角に吹いています。都合のわるい風ではありません。望む方向に向かって吹いているのです」

と言うけれども、大納言は、この船頭の言葉をお耳にもお入れにならない。

十六、大伴の大納言と龍の首の玉 − 4

　三、四日順風が吹いて、船を吹き戻して、ある海岸に寄せ着けた。その海岸を見ると、そこはなんと播磨の明石の浜であった。大納言はそれとも知らず、

　「あの南海の海辺に吹き寄せられたのであろうか」

と思って、溜息をついて顔も上げずに横になっておられた。船に乗っていた供人たちは、国府にこのことを告げ、救助を求めたが、国守がお見舞いにやって来たのにも、起き上がりなされないで、依然として船底に横になっていらっしゃる。明石の海岸に御莚を敷いて、大納言を船からおろし申し上げる。その時になって、はじめて、

　「南海ではなかったんだなあ」

と思って、やっと起き上がりなさったお姿を見ると、風病の重い病状の人のようで、腹はひどくふくれ、左右の目には、杏二つをそれぞれにつけたように腫れているのであっ

た。この有様を見申し上げて、播磨の国守も思わずほほえんだ。

　国府の役人に仰せつけて、手輿*をお作らせになって、うめきうなりながら、かつがれて京の家にお帰りになったのを、どうして聞きつけたのであろうか、龍の首の玉を取りに遣った家来**たちが帰参して申しますには、

　「龍の首の玉を取ることができなかったので、お邸へも参上できませんでした。今は、殿も、龍の首の玉を入手することは至難の業とご承知なされたので、もうおとがめはあるまいと思って参上しました」

と申し上げる。大納言が起き上がって、座っておっしゃるには、

　「お前たちは、よくぞ龍の首の玉を持って来なかった。龍は雷の同類であるのだ。その恐ろしい龍の玉を取ろうとして、多くの人々が殺されようとしたのである。まして、龍を捕えたならば、またわけもなく簡単に、わたしはきっと殺されたであろう。よくぞ捕えないでいてくれた。あのかぐや姫という大の悪者めが、わしを殺そうとするのであったわい。あの娘の家の近くさえ、もう通るまい。皆の者も、うろついてはならんぞ」

---

* 가마(手輿; たごし): 사람의 손으로 가마의 언저리까지 들어 올려 운반하는 가마.

** 게라이(家来; けらい): 영주나 주인을 섬기는 사람. 가신. 종자. 혹은 부하를 이르는 말.

다케토리 이야기

と言って、家に少し残っていた物なども、龍の首の玉を取らなかった変な功労者たちに与えた。

　この話を聞いて、離別なさった、もとの奥方は、腹がちぎれるほど大笑いなさった。あの色糸を葺かせて作った屋根は、鳶や烏の巣にと、みな、くわえて持ち去ってしまった。

　世間の人々の言うことには、

　「大伴の大納言様は、本当に龍の首の玉を取っておいでになったのかしら」

　「いや、そうじゃない。玉は玉でも左右の御目に杏のような玉をつけていらっしゃったとよ」

と言うと、

　「ああ、そんな杏では食べられないね」

と言ったことから、せっかく骨を折ってもまったくわりに合わないことをば、

　「あな堪えがた」

と言いはじめたのであった。

十七、中納言石上麻呂足と燕の子安貝 –1

　　　　中納言石上麻呂足が、我が家に使われている男たちの
所に、
　　「燕が巣を作ったら知らせろ」

とおっしゃるのを、男たちは承って、
　　「何にお使いになるのだろう」
と言う。答えておっしゃるには、
　　「燕の持っている子安貝を取るためだ」
とおっしゃる。男たちが答えて申し上げるには、
　　「燕をたくさん殺して見てさえ、腹には何も入ってない
ものです。ただ、卵を産む時には、どのようにして出すの
でしょう、腹を押しやって出すかと人は申します。人がち
ょっとでも見るとなくなってしまいます」
と申し上げる。またある者が申しあげるには、
　　「大炊寮の飯をたく屋根の棟にある、束柱の穴という穴
の辺りに、燕は巣を作っております。そこに職務に忠実な

男たちを連れてゆかれ、足場を組み上げて、巣の中をのぞかせたらば、巣ごとの多くの燕が、一羽も子を産まないことがありましょうや。そのようにして、燕の子安貝を取らせるのがようございます」
と申し上げる。中納言はお喜びになさって、
　「それはうまい思いつきだなあ。そんなことは、まったく知らなかった。よくぞ、興味あることを申してくれた」
とおっしゃって、忠実な男たち二十人ばかりを遣わして、足場に登らせておいた。中納言の御殿からは、使いの者をひんぱんにおよこしになられて、
　「子安貝は取ったか」
とお聞かせになる。

　燕も、人がたくさん登っているのをこわがって、巣にも上って来ない。このような事情を申し上げると、お聞きになって、
　「どうしたらよいだろうか」
と思案にくれていると、あの大炊寮の役人、倉津麻呂と申す翁が申し上げるには、
　「子安貝を取ろうとお思いでしたら、よい考えを申し上げましょう」
と言って、中納言の御前に参上したので、中納言は翁と側近く額をつき合わせて対面なさった。

十八、中納言石上麻呂足と燕の子安貝−2

　　倉津麻呂が申し上げるには、
　　「この燕の子安貝の取り方は、まずいやり方でお取らせ
になっていらっしゃるようです。それではお取りになれま
すまい。足場に仰々しく二十人もの人々が上っておいでに
なりましては、燕が驚いて巣から離れて寄ってまいりませ
ん。まずおやりになります手だては、この足場をこわし
て、人々が皆引きあげて、信用できる男一人を、目の荒い
籠に乗せておき、綱を用意して、鳥が卵を産もうとする間
に、その綱を吊り上げさせて、さっと子安貝をお取らせに
なるのがよいでしょう」
と申し上げる。中納言がおっしゃるには、
　　「それは大変よいやり方だ。」
とおっしゃって、足場を取り除き、人々は皆お屋敷に帰参
した。
　　中納言が、倉津麻呂におっしゃるには、

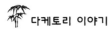

「燕というものは、どのような時に卵を産むと予知して、人を引き上げたらよいか」
とおっしゃる。倉津麻呂が申しあげるには、
　「燕というものは、卵を産もうとする時は、尻尾をさし上げて、七度廻って産み落すようです。そこで、七度廻っている機会に、綱を引き上げて、その時、子安貝をお取らせなさいませ」
と申し上げる。
　中納言はお喜びになって、他の誰にもお知らせにならず、こっそり大炊寮においでになって、家来たちの中にまじって、昼夜兼行でお取らせになる。倉津麻呂がこのように言ってくれたことを、大変お喜びになっておっしゃるには、

　「わが家に使われる人でもないのに、私の大切な願いをかなえてくれることのうれしさよ」
とおっしゃって、お召物を脱いで、お与えになった。その上、
　「夜分、この寮にやって来い」
とおっしゃって、家にお返しになった。

十九、中納言石上麻呂足と燕の子安貝−3

　日が暮れたので、中納言は例の大炊寮においでになっ
てごらんになると、本当に燕が巣を作っていた。倉津麻呂
が申すように、燕が尾をあげて廻るので、目の荒い籠に人
を乗せて、つり上げさせて、燕の巣に手を入れさせて探る
のに、

　「何もありません」

と申すので、中納言は、

　「探し方が悪いから無いのだ」

と腹をたてて、

　「誰ほどの人がよいか思い浮ばないから」

とおっしゃって、

　「わたしが上って探そう」

とおっしゃって、籠に乗り、吊られ上って、巣の中をおの
ぞきになると、燕が尾を上げてさかんにぐるぐる廻る時に

合わせて、それっ*と手を上げてお探しになると、手に平ったいものがさわったその時に、

「わたしは、何か物を握ったぞ。もうおろしてくれ。翁よ、うまくやったぞ」

とおっしゃる。家来たちが集まって、早く中納言を下そうとして、反対に綱を引き過ぎて、綱が切れると同時に、中納言は、そのままかまどの上に仰向きに落ちられた。

人々はひどく驚いて、そばに寄って、抱きかかえ申し上げた。御目は瞳がつりあがって白目になって横になっていらっしゃる。人々は、水をすくってお口にお入れ申し上げる。やっとのことで、息を吹き返されたので、また、鼎の上から、手を取り足を取りして下にお下し申し上げる。

「ご気分はいかがでございますか」

と聞くと、苦しい息の下から、やっと、

「物事は少しわかるが、どうも腰が動かない。でも、子安貝をさっと取って握って持っているから、嬉しく思われるのだ。何はともあれ、紙燭**をつけて来い。この大事な貝の顔を見よう」

と、頭をもたげて、御手をひろげなさったところ、なん

159

---

* それっ: 기합을 넣을 때 하는 말.
** 횃불(紙燭; しそく): ① 궁중 등에서 야간의 의식이나 행차 때에 쓰였던 조명구의 하나로, 종이를 감은 소나무 막대 끝을 그을려서 기름을 묻히고 불을 붙였다. ② 종이로 꼰 노끈에 기름을 적셔 불을 켜던 것.

と、燕がたらしておいた糞をお握りになっていたのだった。中納言は、それをごらんになって、

「ああ、かいがないことだ」

とおっしゃったことから、期待に反すことを世間では「かいなし」といったとさ。

　子安貝ではないとごらんになったので、がくっと気分も悪くなって、車代りの唐櫃*の蓋の上にも横になれそうもないほど、お腰はひどく折れてしまったのだった。

160

二十、中納言石上麻呂足と燕の子安貝-4

　中納言は、児戯にも等しいことをして、病んでいること
を、人には聞かせまいとなさったけれど、その気苦労が、
また病の種となって、すっかり弱ってしまわれた。子安貝
を取ることができなくなったことよりも、人が、これを聞
いて物笑いにすることを、日がたつにつれて、ますます気
になさったので、つまらない病気で死ぬことよりも、なん
と外聞の方を恥かしくお思いになるのであったよ。

　このことをかぐや姫が聞いて、お見舞いに贈った歌、

　　年をへて　波立寄らぬ　住の江の
　　松かひなしと　聞くはまことか*

---

* 〈この頃は、長いことわが家にお見えになりませんね。波がよせてこない住の江の松
　のように、お待ち申し上げても、そのかいがないと聞いておりますが、本当でしょう
　か。〉「波」는 중납언을「住の江」은 가구야 히메가 살고 있는 집을 가리키고 있다.

とあるのを、お付きの者が読んで聞かせる。すると中納言
は、心はひどく弱っていたが、頭をもちあげて、人に紙を
もたせて、苦しい気分の中にも、やっと返歌を書いた。

　　かひはなく　ありけるものを　わび果てて
　　死ぬる命を　すくひやはせぬ*

と書き終えると同時に、息絶えなさった。これを聞いて、
かぐや姫は、少し気の毒にお思いになった。
　それ以来、少し嬉しいことを「かいある」と言うようにな
ったとさ。

---

* 쇼가쿠칸(小学館)의 일본고전문학전집에는 'かひはかくありけるものを'로 되어 있지만, 'わび
果てて'에 연결되기 위해서는 'かひはなくありけるものを'가 와야 한다. 〈貝は無く失望し
ましたが、姫からお見舞いの歌をいただき、やったかいが少しありました。どうせ同
情して下さるなら、恋死にする私の命を救って は下さらないのですか。〉

다케토리 이야기

二十一、帝の求婚 – 1

さて、かぐや姫は、容貌が世に類ないほど美しいことを、帝がお聞きになられて、内侍中臣のふさ子におっしゃるには、

「多くの人の身を破滅させても、なお結婚せずにいるというかぐや姫は、どれほどの女か、直接出向いて見届けて参れ」

とおっしゃった。ふさ子は、仰せを受けて出向いた。

竹取の翁の家では、嫗が、謹しんで家の中に招き入れて会った。内侍が嫗におっしゃるには、

「帝のおことばに、『かぐや姫の容貌がすぐれて美しいということだ、よく見届けて参れ』との仰せによって、お伺いしました」

と言うので、

「では、その旨を姫にお伝え申しあげましょう」

と言って、奥へ入った。

かぐや姫に、

　　「はやく、あの帝のお使いにお会いなさいませ」

というと、かぐや姫は、

　　「それほどよい器量でもありません。どうしてお目にか

かれましょうか」

と言うので、

　　「とんでもないことをおっしゃいますね。帝のお使いを

どうして疎略に扱えましょうや」

と言うと、かぐや姫が答えるには、

　　「たとえ、帝が私をお召しになって、いくらおっしゃら

れても、もったいないとも思いません」

と言って、まったくお目にかかろうともしない。常日頃は

自分の生んだ子のようであったが、この度ばかりはまった

く気おくれがするほど、よそよそしく迫ってくるので、嫗

は、思うように責められない。

　　嫗は、内侍の居る所に戻ってきて、

　　「残念なことに、この未熟な娘は、かたくななところが

ございまして、どうしてもお目にかかりますまい」

と申し上げる。内侍は、

　　「帝の、必ずお目にかかって参れ、との仰せ事がありま

したのに、お会いしないでは、どうして宮中に帰参できま

しょう。国王の御命令を、この世に住んでいる人が、どう

してお受けしないでおられましょうか。どうぞ、筋の通らぬことはなさいますな」

と、聞く嫗のほうが恥しくなるほど、強い調子で言うので、これを聞いて、かぐや姫は、よけいに承服しかねた。

「国王の御命令に背くとおっしゃるのなら、はやく、私を殺して下さいませよ」

と言う。

二十二、帝の求婚 - 2

この内侍が宮中に帰って来て、ことの一部始終を申し上げる。帝はそれをお聞きになるれて、

「それが、多くの人々の身や心を殺してしまったという非情な心なのだね」

と仰せられて、かぐや姫をお召しになることを思いとどまられたが、やはり、御心には思っていらっしゃって、この女の策略に引退かれようかとお思いになられて、翁をお召しになって仰せられるには、

「お前が娘としてそばに置くかぐや姫を差し出せ。器量がよいと耳にしたので、勅使を差し向けたが、その甲斐もなく、使いとも対面せずじまいであった。このような非礼なことを見逃せようや」

と仰せられる。翁は、恐れ入って、返事を申し上げるには、

「この世間知らずの娘は、まったく宮仕えに出仕しよう

とも致しませんので、もてあましております。そうは申し
ましても、家に帰って、仰せ事を申し聞かせましょう」
と申し上げた。これをお聞きなされて、仰せになられる
には、

　「どうして、翁の手で育てあげたのに、思うとおりにな
らぬことがあろうか。この娘をもし宮中に差し上げたなら
ば、翁に、どうして位をさずけぬことがあろうか」

　　翁は、喜んで家に帰って、かぐや姫に心から説得する
には、

　　「このように帝が仰せられた。それでもなお、お仕えな
さらぬのか」
と言うと、かぐや姫が答えて言うには、

　　「そのような宮仕えは、けっしてすまいと思うのに、無
理に宮仕えをさせなさるなら、姿を消してしまいましょ
う。あなたに御官位をいただけるようにして、私は死ぬだ
けです」

　　翁が、答えて言うには、

　　「帝が下さる官位も、わが子を見申し上げないでは、何
にもなりません。それはそれとして、どうして宮仕えをな
さらないのですか。あなたが死ななければならないわけが
あるのでしょうか」
と言う。かぐや姫は、

「それでもなお、私の申したことが偽りかとお思いでしたら、私を宮仕えさせて、死なないでいるかどうか、お試し下さい。多くの方々の愛情のなみなみでなかったのを、無為にしてしまったのに、今さら、昨今、帝がおっしゃることに従うことは、人の聞こえ恥しいことです」

と言うので、翁が答えて言うには、

　「世の中のことはどうであろうとも、姫のお命にかかわることは、私には大きな問題なので、やはり宮仕えしそうもないことを参内して申し上げましょう」

と言って、参内して申し上げるには、

　「おことばのもったいなさに、あの娘を差し上げようといたしますと、『宮仕えに差し出すならば、死んでしまいます』と申します。なにしろこの造麻呂が生ませた子でもありません。昔、山で見つけた子なのです。そのようなわけで、気性も普通の人とは違っているのでございます」

と申し上げさせる。

二十三、帝の求婚 – 3

　　帝がおっしゃるには、

　「造麻呂の家は、山の麓に近いそうだ。御鷹狩の御幸を
するふりをして、姫を見てしまおう」

とおっしゃる。造麻呂が申し上げるには、

　「それは大変結構なことです。なんの、姫がうっかりし
ているような時に、突然、行幸なさって、ご覧になれば、
きっとご覧になれましょう」

と申し上げると、帝は急に日取りを定めて、御鷹狩にお出
かけになられて、かぐや姫の家にお入りになられて、ご覧
になると、あたり一面光り輝いて、華麗に座っている人が
いる。

　「噂に聞くかぐや姫とはこれであろう」

とお思いになって、姫の近くにお寄りになられると、姫は
逃げて奥に入る。帝がその袖をとらえなさると、片袖で顔

をかくしておりますが、はじめてよくご覧になったところ、世に比べようもなくすばらしいとお思いになられて、

「けっして離さないぞ」

とおっしゃって、連れていらっしゃろうとなさるので、かぐや姫は答え申し上げる。

「私の身は、この国に生まれておりますものならば、それこそ、お心のままにお召使いなられましょうが、そうではありませんのでとても私をお連れあそばすことは難しそうございましょう」

と申し上げる。帝は、

「どうして、そんなことがあろうか。やはり、どうしても連れてまいろう」

とおっしゃって、御輿を邸にお寄せになられると、このかぐや姫は、急に影のように見えなくなってしまった。

「努力もむなしく、残念至極……。」

とお思いになられて、

「なるほど、普通の人間ではなかったんだなあ」

とお思いになられて、

「それでは、お供には連れて行くまい。もとのお姿におなりなさい。せめて、そのお姿など見て帰ろう」

とおっしゃられるので、かぐや姫は、もとの姿にもどった。帝は、やはり姫をすばらしいなあとお思いになるこ

と、止めようにも止められない。

　このように、姫に会わせてくれた翁に対して感謝な
さる。

二十四、帝の求婚 − 4

　　さて、翁の家では、帝のお供の諸官人たちに、盛大にご馳走申し上げる。

　　帝は、かぐや姫を後に残してお帰りなさることを、心残りで残念だとお思いになるが、魂が抜けてぼんやりした状態で、お帰りあそばされた。帝は、御輿にお乗りになられてから、かぐや姫に、

　　　　帰るさの　みゆき物憂く　おもほえて
　　　　そむきてとまる　かぐや姫ゆゑ*

---

* 〈宮中へ帰る行幸のそぞろにせつなく思われて、後を振り返り、止まりがち、それも、わが意に添わぬかぐや姫ゆえ。〉

かぐや姫の御返事、

　　むぐらはふ 下にも年は 経ぬる身の
　　なにかは玉の うてなをも見む*

　この歌を帝は御覧になって、歌のすばらしさに、いっそ
うお帰りなさる場所もないようなお気持ちになられる。御
心は、いまさら、おめおめと還幸できそうにも思われなか
ったが、そうかといって、このまま夜を明かすこともおで
きにならないので、お帰りになられた。
　常日頃宮中で、帝にお側近くお仕えする女性方をご覧に
なられるにつけても、誰一人としてかぐや姫の傍に寄るこ
とさえできそうになかった。他の人よりもきれいだと思い
なさっていた女性が、かぐや姫に思いあわせられると、て
んで問題にならず人とも思われない。かぐや姫だけが御心
にかかって、ただ一人でお暮しになられる。どうしようも
なく、女御、后方のところへもおでましにならない。かぐ
や姫の御許にばかり、御手紙を書いてお遣りになる。姫の
御返事は、帝の仰せには従わなかったもののさすがに情を
こめてやりとりなさり、帝もまた趣き深く、四季折々の木
・草につけても、御歌を詠んでおつかわしになる。

---

* 〈山近い葎の宿にうもれて幾歳月、いまさら何で、玉の台の宮中など見たいでし
　ょう。〉

二十五、かぐや姫の昇天 － 1

　このように、御心をお互いに慰めておられるうちに、三年ばかりたって、春のはじめ頃から、かぐや姫は、月が美しく出たのを見て、いつもよりも物思いに沈んでいるようすである。姫のそばにいる人が、
　「月の顔を見ることは、不吉なことですよ」
と、とめたけれども、ややもすると、人のいない間にも月を見てはひどくお泣きになる。
　七月十五日の月に、かぐや姫は縁に出て座り、しきりに物思いにふけっているようすである。姫のそば近く使われている人々が、竹取の翁に告げて言うには、
　「かぐや姫が、常々、月をしみじみとご覧なさっておられますが、この頃となっては、ただ事でもないように思われます。何か、ひどくお嘆きになることがあるのでしょう。よくよく、ご注意なさってご覧下さい」
と言うのを聞いて、かぐや姫に翁が言うには、

「どんな気持がするので、こんなにも物思わしげなようすで、月をご覧になるのですか。何ひとつ不自由のない結構な世なのに……。」
と言う。かぐや姫は、
　「月を見ると、何となく世の中が心細く、しみじみと悲しいのです。どうして嘆くことなどございましょう」
と言う。
　翁が、かぐや姫のいる部屋に行って見ると、やはり物思いに沈んでいるようである。翁はこのさまを見て、
　「私の大切な娘よ。いったい何を思い悩んでおられるのか。思っていらっしゃることは、何事ですか」
と言うと、姫は、

175

　「何も思い悩むこともありません。何となく心細く思われるのです」
と言うと、翁は、
　「それでは、月をご覧なさいますな。月をご覧になると、どうも物思いに沈むようでございますよ」
と言うと、姫は、
　「どうして、月を見ないでおられましょうか」
と言って、やはり、月が出ると、縁側に出て座っては、思い悩んでいる。月の夕闇には、思い悩まないようである。月が出るころになると、やはり、時々は思い嘆いている。

これを見て、召使いたちは
　「やはり、きっと思い悩むことがあるのでしょう」
とささやくが、親を初めとしてその理由が何事であるかわ
からない。

二十六、かぐや姫の昇天 － 2

　八月十五夜近くの月に、縁に出てすわり、かぐや姫は、大変ひどくお泣きになる。人の見る目も、今はかまわずお泣きになる。これを見て、親たちも、
　「どうしたことか」
とたずね、おろおろする。かぐや姫は泣きながら言う、
　「前にも申し上げようと思いましたが、申し上げたらきっとお心をおさわがせになられるであろうものと思って、今まで何も申しあげず、過ごしてきたのでございます。でもそのように隠してばかりもおれませんので、思いきって申し上げるのです。私の身は、この人間世界の人ではありません。月の都の人です。それなのに、前世のしかるべき約束があったことにより、この人間世界に、まいって来たのです。でも、もう帰らねばならない時期になったので、この八月の十五日に、あのもとの月の国から、迎えに人々がやってこようとしています。どうしても帰らなければな

らないので、御両親様が思い嘆かれるのが悲しいことを、この春から、私も思い嘆いているのでございます」
と言って、ひどく泣くのを、翁は、

　「これは、いったい何ということをおっしゃるのか。竹の中から姫を見つけ申し上げましたが、菜種ほどの大きさでいらっしゃったのを、私の背丈と並ぶほどまでに大きくお育て申し上げた我が子を、いったい誰がお迎えいたせよう。そんなことを、どうして許せましょうや」
と言って、

　「私の方こそ、先に死んでしまいたい」
と言って、泣きわめくこと、まったく堪え切れないようである。かぐや姫が言うには、

　「私は月の都の人であって、そこに実の父母がおります。ほんのちょっとの間というので、あの月の国からやってまいりましたが、このように人の国に、多くの年月滞在してしまいました。あの月の国の父母のことも思い出したりせず、ここには、このように長いこと滞在いたしまして、すっかり慣れ親しみ申し上げました。今、父母の待つ月の国へ帰ることもそれほど嬉しい気持もしません。かえって悲しいだけです。けれど、自分の意のままにならず、この国を去ろうとしているのです」
と言って、親たちともども、ひどく泣く。召使われる人々

にとっても、長いこと慣れ親しんで、今、姫とお別れする
ことを、また、姫の気立てなどが上品で愛らしかったこと
になじんで、お別れした後恋しくてならないだろうことを
思うと、堪えきれず、湯水ものどを通らない有様で、竹取
の翁夫妻の心と同様、嘆き悲しむのであった。

二十七、かぐや姫の昇天 － 3

　この事を、帝がお聞きになられて、竹取の翁の家に、お使いを派遣なされる。お使いの前に、竹取の翁が出て会って、泣くこと限りがない。この事を嘆くので翁は髪も白くなり、腰もまがり、目も涙でただれてしまった。翁は、今年五十歳ほどであったけれども、物思いのためには、ちょっとの間に老いてしまうものだ、とお使いの目には見える。お使いが帝の仰せ言として、翁に伝えることには、

　「ひどく辛く、もの思うとかいうことは、本当か」
と仰せになる。竹取の翁は泣く泣く申し上げるには、

　「この十五日に、月の都から、かぐや姫の迎えに、月の都の人がやって来るそうです。もったいなくもおたずね下さいます。この十五日は、人々をお遣しいただいて、月の都の人が、やって来たならば、捕えさせましょう」
と申し上げる。

　お使いは、宮中に帰参して、帝に翁の悲嘆の有様を申し

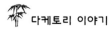

上げて、翁が人々を賜りたいと奏上したことなどを申し上げたのを、帝はお聞きになって、おっしゃるには、

「ほんの一目ご覧になったお心にさえ、忘れがたいのに、朝夕、見なれたかぐや姫を遠くへ手離してしまっては、親たちはどんなに嘆き思うであろうか」
とおっしゃる。

その十五日に、帝は、それぞれの役所に命じられて、勅使に、近衛少将高野の大国という人を指名して、六衛府合わせて二千人の人を竹取の翁の家に遣される。その家に行って、築地*の上に千人、屋根の上に千人、翁の家の召使の人々が、多くいたのに合わせて、あいている隙間もなく守らせる。この守る翁の家の人々も弓矢を身につけて、母屋の内では、女達を番において姫を守らせる。

嫗は、塗籠の内で、かぐや姫を抱きかかえている。翁も、その塗籠**の戸を閉めて、戸口に番をしている。翁が言うには、

「これほど厳重に守っている所だから、いくら天の人にだって負けるだろうか、いや、負けるものか」
と言って、屋根の上にいる人々に言うには、

181

---

* 쓰이지(築地ついじ): 築泥(つきひじ)의 변한말로, 기둥을 세우고 판자를 대어, 그것을 심으로 하여 양쪽에 진흙을 발라 굳힌 다음, 그 위에 기와를 인 담.

** 누리고메(塗籠ぬりごめ): 화재에 견딜 수 있도록 두껍게 흙을 발라 광처럼 만든 방. 의복·도구류를 넣어 두거나 침실로 썼다.

「ちょっとでも、何か空に走り飛んだら、すぐさま射殺
して下さい」
　守る人々が言うには、
　「これほど厳重に守っている所に、蝙蝠一匹なりともい
たならば、さっそく射殺して、外にのけてしまおうと思い
ます」
と言う。翁は、これを聞いて、頼もしく思った。

二十八、かぐや姫の昇天 － 4

　これを聞いて、かぐや姫は次のように言った。

　「私をこんな塗籠に閉じこめて、守り戦うべき準備をしたとしても、あの月の国の人とは戦うことはできません。弓矢でも射られないでしょう。このように私を塗籠に閉じこめておいても、あの月の国の人がやって来れば、全部開いてしまうでしょう。いくら戦おうとしても、あの国の人がやって来たならば、勇ましく立ち向かう心を持つ人も、まさかいないでしょう」

　翁がそれに対して言うには、

　「お迎えに来る人を、長い爪で、目の玉をつかみ潰してやろう。そやつの髪を取って、ひきずり落としてやろう。そやつが尻をまくり出して、多くの官人に見せて、恥をかかせてやろう」

と腹を立てている。かぐや姫がいうには、

　「大声でおっしゃらないでください。屋根の上にいる人

々が聞くと、大変みっともないことです。今日までお育て
くださった数々の愛情をわきまえず、この国を去って行こ
うとすることが残念でございます。末長くこの世に止まる
前世からの宿縁がなかったので、間もなく去って行かねば
ならないと思うと、悲しうございます。ご両親様のお世話
を少しも致しませんので、月の都へ帰って行く道中も心安
くもないことでしょうから、この数日の間も縁側に出て座
り、今年一年だけの猶予を願ったのですが、一向に許され
ませんので、このように思い嘆いているのでございます。
ご心配ばかりおかけして、月の都へ去って行くことが、悲
しくてたまらないのです。あの月の都の人は、大変美しく
て、年老いることもございません。思い悩むこともござい
ません。そんなすばらしい所へ行こうとするのも、少しも
嬉しくはございません。ご両親様の老後の弱られるお姿を
お世話してさしあげられないのが、別れて後も心残りとな
ることでしょう」
と言うので、翁は、
　「胸をしめつけるようないたいたしいことをおっしゃい
ますな。どんな立派な姿をした月の世界の使いでも、問題
ではない」
と恨み憎んでいた。

二十九、かぐや姫の昇天 － 5

　そうこうしている間に、宵も過ぎて、夜中の十二時ごろに、家のまわりが、昼間の明るさ以上に一面に輝いて、満月の明るさを十あわせた程なので、その場にいる人の毛の穴まで見えるくらいである。大空から人が、雲に乗って下りて来て、地面から五尺くらいあがったところに、ずらっとならんでいる。これを見て、家の内や外にいる人々の心は、何物かにおさえ苦しめられているようで、向い戦おうとする心もなかった。やっと気を取り直して、弓矢を手に持って構えようとするけれども、手に力もなくなって、ぐったりと物に寄り掛っている。その中にも心のしっかりしている者は、つとめて射ようとするけれども、矢は別の方へそれていったので、勇ましくも戦えないで、心がまったくぼうっとして、人々は顔を見つめ合うだけであった。

　空中に立っている人たちは、その服装のすばらしいこと、たとえようもない。飛ぶ車を一つともなっている。そ

れに薄絹の天蓋をさしかけている。その中に、王と思われる人が、家の中に向かって、

「造麻呂も、出て参れ」

と言うと、いままで強気であった造麻呂も、何かに酔ったような気持がして、うつ伏せに伏した。王らしい人のいうことには、

「汝、心愚かな者よ。少しばかりの善行を、おまえが作ったものだから、おまえの生活の助けにというわけで、ほんの少しの間と思って、かぐや姫を下界に下したのに、長い年月の間、多くの金を与えて、おまえはまるで生まれかわったように今は富み栄えている。かぐや姫は天上で罪を犯しなさったので、このような賤しいお前の所に、しばらくおいでになったのである。罪の期限が終わったので、今、このように迎えるというのに、翁は泣き嘆いている。いくら嘆いても無駄なことじゃ。はやく、姫をお返しいたせ」

と言う。翁が答えて申し上げるには、

「かぐや姫を養育し申し上げること、二十年余りにもなりました。ほんのちょっとの間とおっしゃいましたので、話がわからなくなってしまいました。また、他の所に、お求めのかぐや姫と申す方は、いらっしゃるのでしょう」

と言う。また翁は

「ここにおいでになるかぐや姫は、重い病にかかってい
らっしゃいますので、外には、お出になれますまい」
と申すと、その返事はなくて、屋根の上に飛ぶ車を寄
せて、

「さあ、かぐや姫よ、けがれ多き人間界に、どうして長
くいらっしゃるのですか」
と言う。姫を閉じこめてあった塗籠の戸が、即座に、ただ
わけもなく簡単に開いた。閉めてあった格子なども、人は
いないのに、開いた。媼が抱きかかえていたかぐや姫は、
媼の手を離れて外に出てしまった。どうしても、とどめら
れそうにないので、媼は、空を仰いで泣いている。

　竹取の翁が心を乱して泣き伏している所にかぐや姫が寄
って来て、言うには、

「私の方でも、心ならずも、このように天へ去って行く
のですから、せめて、昇天するのだけでも、お見送り下さ
いませ」
と言うけれども翁は、

「何のために、悲しいのにお見送り申しあげるのです
か。私のことを、この後どうしなさいというおつもりで、
見捨てて昇天なさるのですか。私も、ともに連れておいで
になってください」
と言って泣き伏すので、かぐや姫も心が乱れてしまった。

「それでは手紙を書いておいてまいりましょう。私を恋しく思う折りには、手紙を取り出してご覧下さいませ」
と言って、泣きながら書くことばは、
　「この人間の国に生まれたということであれば、お二人を嘆かせ申し上げないほどまでいつまでもおるべきですのに、それもならず、いられないで、この国を去って別れてしまいますことは、かえすがえすも不本意なことと感じられます。脱いでおく衣を、私の形見とご覧下さい。月が出るような夜は、月を仰いで、私の住む月の世をはるかに見て、私を思い出して下さい。お二人をお見捨て申しあげて、帰り行く途中の空からも、落ちてしまいそうな心地がいたします」
と書きおく。

三十、かぐや姫の昇天 － 6

　　天人の中に持たせた箱がある。天の羽衣がはいっている。また、もう一つある箱には、不死の楽が入っている。一人の天人がいう、

　「壺にはいっているお薬を召し上がれ。けがれた国の食物を召し上がったので、お気持ちが悪いでしょうよ」

と言って、薬を持ってそばに寄ってきたので、かぐや姫はちょっとおなめになって、少しばかり形見として、脱いでおく着物に包もうとすると、その場にいる天人は、包ませない。天の羽衣を取り出して着せようとする。その時にかぐや姫は、

　「しばらく待って」

と言う。

　「この衣を着せられた人は、地上の人の心とは別になるとか言います。ちょっと一言、言いおくべきことがあるのです」

と言って、手紙を書く。天人は、

　「おそい」

と言って、いらいらなさり、かぐや姫は、

　「情知らないことを、おっしゃいますな」

と言って、たいそう心静かに、帝にお手紙を差し上げなさる。少しもあわてない様子である。

　「このように多くの人をおつかわし下さって、月の都へ戻されるのをお止め下さいますが、どうしても許してくれない使いがやってまいりまして、私を連れて行ってしまいますので、残念で悲しいことでございます。帝にお仕え申し上げずなりましたのも、このような複雑な身の上でございますので、さぞ、ご納得の行かぬこととお思いでしょうが……。強情にもおことばを返し、承知いたしませんでしたこと、無礼な奴とお心にとどめあそばされていることが、私にとって、何より気がかりでございます」

と書いて、

今はとて　天の羽衣　きるをりぞ
君をあはれと　思ひいでける*

---

* 〈今はこれまでと思って、天の羽衣を着る時になって、帝さまのことをしみじみと慕
　わしく思い起こしましたよ〉

190

と詠んで、壺の中に不死の薬を添えて、頭中将を呼び寄せて、帝にさしあげさせる。そこで中将に、天人がこれを受け取って渡す。中将が受け取ると、さっそく、天の羽衣を姫に着せ申し上げたので、翁を気の毒に、いとおしく思うこともすうっと消えてしまった。この羽衣を着けた人は、物思いがなくなってしまうので、飛ぶ車に乗って百人ばかりの天人を引きつれて、天へ昇ってしまった。

三十一、ふじの煙

その後、翁と嫗は、血の涙を流して取り乱したが、その効もない。かぐや姫が書き残した手紙をまわりの者どもが読んで聞かせたけれど、

「何しに命が惜しかろう。誰のために命が惜しかろうぞ。何事も無駄なことだ。」
と言って、薬を飲まない。そのまま起きあがらないで、病床に臥せっている。

中将は、兵士たちを引き連れて帰参して、かぐや姫を、戦い止めることができなかったことを、こまごまと奏上する。薬の壺に、かぐや姫からのお手紙を添えて差し上げる。帝は、お手紙をひろげてご覧になって、とてもしみじみとお感じあそばして、何も召しあがらない。また音楽の催しなどもなかった。大臣、上達部をお召しになって、

「どの山が、天に近いか」
と、おたずねになられると、大臣、上達部の中のある人

が、お答えするには、

　「駿河の国にあるとかいう山が、この都にも近く、天にも近うございます」

と奏上する。帝は、これをお聞きになられて、

　　　逢ふことも　なみだに浮かぶ　我が身には
　　　死なぬ薬も　何かはせむ*

とお詠みになられて、あの姫が奉った不死の薬に、また、壺を添えて、御使いにお渡しになられる。勅使には、調のいわかさという人をお呼び寄せになられて、駿河の国にあるとかいう山の頂上に、持って行くように命令なさる。頂上でなすべき方法をお教えあそばす。帝の御手紙と不死の薬の壺を並べて、火をつけて燃やすべき旨、御命令あそばされる。

　その旨を承って、調のいわかさは、兵士たちを大勢引き連れて山へ登ったことから、その山を、士に富む山、つまり富士の山と名づけたのであった。

　そして、その不死の薬と手紙を燃やした煙は、今だに、雲の中へ立ち上っていると言い伝えている。

---

* 〈姫に再び会われぬゆえに、悲し涙に浮かぶわが身には、不死の薬が何の役に立とうか。いまさら不要なことだ……。〉

『다케토리 이야기』의 주제

　　『다케토리 이야기』는 권력에서 소외된 한 지식인에 의해 쓰인 이야기라고 알려져 있으며, 시대나 등장인물의 모델을 역사에서 찾는 연구도 많다. 그리고 연구의 중심 내용은 각각의 세상에서 호기를 만나 명성을 떨친 일부 귀족에 대한 야유와 풍자이며, 특히 가구야 히메에게 난제를 부여받아 실패를 맛보고 자존심에 상처를 입는 다섯 명의 귀공자에 집중되어 있다. 분명히 두 명의 황자를 비롯하여 신하 중에 최상부에 위치한 우대신이나 대납언, 중납언 신분의 인물들을 해학의 대상으로 그리고 있는 점 등을 통해 충분히 납득할 수 있는 견해이다.

　　그러나 주의 깊게 살펴보면 실패담은 5인의 귀공자에게 국한된 것이 아니라, 이야기 속에 등장하는 모든 인물에 해당하는 것임을 알 수 있다.

노인의 경우, 자식이 없는 긴 세월을 부부 둘이서 조용히 지내다
가 가구야 히메를 얻는다. 노인에게 그 이상의 기쁨은 없었을 것이
다. 그러나 오래도록 일생을 함께하리라 믿었던 가구야 히메가 이
세상을 떠나는 부분에 진한 좌절과 무상감이 나타나 있다.

임금(천황)의 경우는, 그 상대가 누구든지 간단하게 비(妃)로 입궁
시킬 수 있는 권력을 가지고 있지만, 가구야 히메를 자신의 여자로
만들지 못하고 어찌할 바를 모르는 모습이 그려지고 있다. 최고의
권력자가 일개 여자를 자신의 뜻대로 하지 못한 것을 마치 야유라도
하는 듯하다. 또한 히메의 죽음을 저지하지 못하는 한 사람의 인간
에 지나지 않는 존재라는 사실을 『다케토리 이야기』는 명확히 하고
있다.

그런데 남자들의 실패담은 초인인 가구야 히메로 인한 것인데,
실제로 이 실패담은 가구야 히메에게도 적용되고 있는 것을 알 수
있다. 귀족과 임금, 그리고 노인의 상실감만을 그리고 있는 것이 아
니라, 히메도 이 세상에서는 유한한 존재인 사실을 이야기하고 있
다. 작품 중에서는 가구야 히메의 승천을 본향으로의 귀환이라는
형태로 묘사하고 있지만, 승천 전후 일련의 과정과 정황을 살펴보
면 인간의 장의(葬儀)를 형상화하고 있다는 것을 알 수 있다. 『겐지
이야기(源氏物語)』에 등장하는 몇몇 여인이 8월 15일을 전후로 하여
죽는 것처럼, 가구야 히메가 승천하는 날도 8월 15일 밤이며, 골방
(塗籠)에 들거나 천인을 맞고 불사약을 먹고 날개옷을 입는 등의 이

야기 구조에는 죽은 자를 타계로 보내는 장례식을 상상하게 하는 부분이 있다. 다시 말해서 히메의 승천은 경국지색, 절세의 미인이라고 해도 죽음을 피할 수 없다는 사실을 미화하고 있는 것으로 해석된다.

결론적으로 『다케토리 이야기』는 다양한 소재를 융합하고 있는 만큼 복잡한 구조를 띠고 있지만, 역시 하나의 주제로 내용이 일관되고 있는 것을 알 수 있다. 인간이 자랑하거나 뽐내거나 또는 소중히 하는 모든 것에는 영원성이 없다고 이야기하려는 것이다. 남녀노소, 귀천을 불문하고 각자에게 있어서 가장 중요한 수명, 미모, 자식, 지략, 재물, 용맹, 성실, 권력 등, 온갖 것은 유한하며 절대적인 것은 없다고 하는 사실을 피력하고 있는 것이다. 또한 사람이 가진 선의나 악의가 그런 것들을 좌우한다고도 하지 않는다. 5인의 귀공자에 대한 풍자나 야유도 악의에 대한 반발이 아니라, 단지 그들이 자랑하는 것들의 허망함을 피로할 뿐이다.

『다케토리 이야기』 관련 자료

1. 『단고국 풍토기 일문 (丹後国風土記逸文)』

(단고국 풍토기에 다음과 같이 나와 있다.)

　단고 지방 다니와군, 군의 관청 서북쪽 변두리에 히지(比治) 마을이 있다. 이 마을에 있는 히지산의 꼭대기에 샘이 있다. 그 샘의 이름은 마나이(真奈井)라고 한다. 지금은 이미 늪으로 변해 있다.

　이 샘에 선녀 여덟 명이 춤을 추며 내려와 목욕을 하고 있었다. 그 때 와나사 할아버지와 와나사 할머니라 불리는 노부부가 이 샘으로 와서 몰래 한 선녀의 옷을 숨겨 버렸다. 그런 까닭에 벗어 놓은 옷이 있는 선녀들은 천상으로 날아올라 갔지만, 옷이 없는 선녀는 혼자 남게 되었다. 그녀는 몸을 샘에 숨기고 혼자 부끄러워하고 있

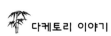
다케토리 이야기

었다.

그곳에 할아버지가 다가와 선녀에게,

"나에게는 아이가 없소. 선녀여, 할 수 있다면 당신이 나의 아이가 되어 주지 않겠는가?"

라고 말했다. 이에 선녀는,

"저 혼자 인간세계에 머물게 되었습니다. 말씀대로 따를 테니, 날개옷을 돌려주세요."

라고 대답했다. 할아버지는,

"선녀여, 어찌하여 나를 속이려는 마음을 품는가."

라고 말했다. 선녀는,

"무릇 천인의 생각은 진심을 그 근본에 두고 있습니다. 당신이야말로 의심하는 마음을 가지고 저의 옷을 돌려주지 않는 것이 아닙니까?"

라고 말했다.

그러자 할아버지는,

"의심만 품고 진실된 마음이 없는 것은 이 세상에서는 흔한 일이다. 그러니 평상시대로 돌려주지 않는 것이다."

라고 변명하면서 결국 날개옷을 선녀에게 돌려주었다. 그러자 선녀는 노부부를 따라 노부부의 집으로 갔다. 그리고 그곳에서 산지 10년 남짓 되었다.

한편, 선녀는 술을 잘 빚었다. 이 술은 한 잔만 마셔도 만병이 다 치료된다고 한다. (중략) 이렇게 선녀는 술 한 잔으로 벌어 모은 재

199

산을 수레에 실어 할아버지에게 보냈다. 이러한 이유로 할아버지의 집은 부유해지고, 그 땅의 히지가타(진흙 펄)조차도 비옥해져갔다. 따라서 그곳을 히지가타(土形) 마을이라고 부르게 된 것이다. 이 히지가타(土形) 마을을 중기 이후 지금에 이르기까지 히지(比治) 마을이라고 부르게 되었다.

그 후 노부부는 선녀에게,

"너는 우리 자식이 아니다. 잠시 동안 더부살이를 하고 있던 것이다. 이제 되었으니 빨리 떠나거라."

라고 명했다. 그러자 선녀는 하늘을 우러러 통곡하고, 땅에 엎드려 슬피 울며 할아버지에게,

"저는 제 스스로 당신의 집으로 온 것이 아닙니다. 당신이 원했기 때문입니다. 그런데 어째서 갑자기 혐오하는 마음으로 변하여, 버림당하는 고통을 겪게 하는 것입니까."

라고 호소했다. 하지만 할아버지는 점점 더 화를 내며, 떠나기를 요구했다.

선녀는 눈물을 흘리며 천천히 문밖으로 나갔다. 마을 사람에게,

"오랫동안 인간 세상에 몸을 담갔기 때문에 이미 하늘에는 돌아갈 수 없습니다. 또 이곳에는 부모도 없어서 몸 둘 곳이 없습니다. 나는 어떻게 하면 좋을까요. 어찌하면 좋단 말인가요."

라고 말하며 한탄했다. 눈물을 닦고 탄식하며 하늘을 우러러 다음과 같은 노래를 불렀다. 그 노래는,

하늘의 벌판 우러러 바라보니 안개가 일어

집으로 가는 길이 어딘지 모르겠네

(하늘을 우러러보니 일면에 안개가 자욱이 끼어 있다. 그렇게 집으로 돌아

가는 길을 알 수 없게 되어 어찌하면 좋을지 모르겠네.)

결국 그곳을 떠나 아라시오(荒塩) 마을에 다다랐다. 거기서 마을
사람들에게,

"노부부의 마음을 생각하면, 나의 마음은 짠 굵은 소금과 조금
도 다르지 않습니다."

라고 말했다. 그래서 히지의 아라시오(굵은 소금) 마을이라고 하게 되
었다. 계속해서 다니와(丹波)의 나키키(哭木) 마을에 다다라서, 느
티나무에 기대어 울었다. 그런 이유로 나키키 마을이라고 하는 것
이다.

또 다카노(竹野)군 후나키(船木)리의 나구(奈具) 마을에 다다랐다.
거기서 마을 사람들에게,

"이곳에서 나의 마음은 평온해(고어 '나구시')졌습니다."

[고어로, 기분이 차분해져 좋은 것을 나구시라고 한다.]

라고 말했다. 그런 이유로 선녀는 이 마을에 머물게 되었다. 이것이
세상에서 말하는 다카노군의 나구신사에 진좌(鎮座)하고 있는 도요
우카노메노 미코토(豊宇加能売命)다.

2.『곤자쿠 이야기 집(今昔物語集)』31권 33화

「다케토리 노인, 발견한 여아를 키우는 이야기」

지금으로부터 보면 옛날 일이다. ▢▢천황의 시대에 한 노인이 살고 있었다. 대나무를 취해 바구니를 만들어 원하는 사람에게 주고, 그 대가로 생계를 이어가고 있었다. 그러던 어느 날, 노인이 바구니를 만들기 위해 대나무 숲으로 가서 대나무를 베고 있었다. 그런데 그중에 한 그루가 빛나고, 그 마디 안에 세 치 정도 크기의 사람이 들어 있었다.

노인은 이것을 보고,

"오랜 세월 대나무를 베어 왔지만, 이런 것은 처음 본다."

하고 기뻐하며 한 손에는 그 작은 사람을 들고, 다른 한 손으로는 대나무를 짊어지고 집으로 돌아왔다. 그리고 아내에게,

"대나무 숲에서 이런 여자아이를 발견했소."

라고 말하자 할머니도 이를 보고 기뻐하며, 바구니에 넣어 키우기 시작했다. 그런데 3개월 정도 지나자 보통 크기의 사람이 되었다. 이 아이는 자라면서 세상에 견줄 자가 없을 만큼 아름다워져 이 세상 사람이라고 여겨지지 않을 정도였다. 그 때문에 할아버지와 할머니가 더욱더 귀여워 애지중지하며 키우는 사이, 이 사실은 곧 세간에 알려졌다.

여자아이를 발견한 후, 다시 숲에 가서 대나무를 베던 할아버지

는 대나무 안에서 황금을 발견했다. 노인은 황금을 들고 집으로 돌아갔다. 그렇게 노인은 순식간에 큰 부자가 되었다. 거처에 궁전 같은 집과 누각을 지어 그 안에 살았다. 곳간에는 온갖 금은보화가 넘쳐났고, 하인들의 수도 늘어났다. 또, 아이를 발견한 후부터 어떤 일이든 마음먹은 대로 되었다. 노인은 더할 나위 없이 아이를 금이야 옥이야 애지중지하며 소중히 길렀다.

그러던 중, 당시의 여러 중신과 당상관들이 편지를 보내어 구혼해왔다. 하지만 여인은 전혀 들으려고 하지 않았다. 그러나 남자들이 제각각 자신의 마음을 필사적으로 호소하자, 여인은 남자들에게 물건을 한 가지씩 요구했다. 먼저,

"하늘에서 번쩍이는 번개를 잡아 와 주세요. 그러면 그때 말씀에 따르겠습니다."

라고 하고, 다음으로는,

"우담화라고 하는 꽃이 있다고 합니다. 그것을 따서 가지고 오시면 말씀에 따르겠습니다."

고 말했다. 그다음에는,

"두드리지 않아도 울리는 북이 있다고 합니다. 그것을 가지고 와서 저에게 주시면 바로 답변을 드리겠습니다."

같은 말만 전하고는 만나려고 하지 않았다. 구혼하는 사람들은 여인의 용모가 이 세상 사람이라고 생각하지 못할 만큼 아름다웠기 때문에 마음을 빼앗겨버렸다. 여인의 요구는 어처구니없었지만, 세상 물정을 잘 아는 노인에게 이것들을 손에 넣을 방법을 묻거나, 또

『다케토리 이야기』 관련 자료

는 집을 나와 해변으로 가기도 하고, 또는 속세를 버리고 산으로 들어가기도 하는 등, 요구한 물건을 수소문하여 찾다가 목숨을 잃기도 하고, 또는 끝내 돌아오지 못하는 자도 있었다.

그러던 중, 천황이 이 여인에 대해 듣게 되어,

'그 여인이 세상에 둘도 없는 미인이라던데, 내가 가서 직접 보고 정말로 아름다운 모습이라면 즉시 황후로 간택하겠다.'

라는 생각을 하며, 곧바로 대신 이하의 백관들을 이끌고 노인의 집으로 행차하셨다. 그 집에 도착하여 보시자 집의 훌륭함이란 마치 왕궁과 같았다. 그리고 여인을 부르자 바로 천왕 앞으로 나왔다. 천황이 보시니, 그야말로 세상에 견줄 만한 것이 없을 정도로 아름다웠기 때문에,

'이 여인은 나의 황후가 되기 위해 다른 남자는 가까이 하지 않았던 것이구나.'

라고 기쁘게 생각하며,

"이대로 궁궐에 데리고 돌아가 황후로 삼겠다."

라고 말씀하시자, 여인은,

"황후로 맞으신다는 것은 저에게 있어서 더없이 기쁜 일이지만, 사실 저는 인간이 아닙니다."

라고 아뢰었다.

천황이,

"그럼 너는 누구냐. 귀신이냐? 아니면 신이냐?"

라고 물으시자, 여인은,

"저는 귀신도 신도 아닙니다. 하지만 이제 곧 하늘에서 저를 데리러 사람이 오기로 되어 있습니다. 천황께서는 바로 돌아가 주십시오."

라고 말했다. 천황이 이것을 들으시고는,

'이것이 무슨 소리인가. 하늘에서 사람이 데리러 올 리가 없다. 이것은 단지 내 말을 거절하려는 핑계일 뿐이겠지.'

라며 잠시 생각에 잠겨 있는 사이, 하늘에서 많은 사람들이 가마를 가지고 내려와서 이 여인을 태우고는 하늘로 올라가 버렸다. 맞으러 온 사람의 모습은 이 세상 사람이라고는 생각되지 않았다.

그 때, 천황은,

'정말로 그 여인은 보통사람이 아니었구나.'

라고 생각하시며 궁궐로 돌아가셨다. 천황은 그 여인이 정말로 세상의 그 어떤 이와도 비할 수 없을 정도의 훌륭한 용모를 가지고 있는 것을 보셨기 때문에, 그 후에도 늘 생각하시며 견딜 수 없이 그리워하셨지만, 어떻게 할 수도 없이 끝이 났다.

그 여인이 끝끝내 누구인지도 모르는 채로 끝난 것이다. 또한, 무슨 연유로 노인의 아이가 되었던 것인지 세상 사람들은 전부 납득하기 힘든 일이라고 생각했다. 이처럼 보기 드문 불가사의한 사건이기 때문에 오늘날까지 이렇게 전해 내려오는 것이다.

3. 『제왕편년기』

옛날, 한 노인이 전하여 말하기를, 오미(近江)의 이카고노 오미(伊香の小江)의 강 남쪽 얕은 곳에 여덟 명의 선녀가 흰 새로 화하여 내려와 미역을 감고 있었다. 이 때, 이카토미(伊香刀美)라고 하는 남자가 서쪽 산에서 은밀히 이것을 보고 기이하게 여겨 천인인가 하여 다가가 보니 선녀인지라 사랑을 느껴, 흰 개에게 벗어놓은 날개옷(羽衣) 하나를 몰래 가져오게 하여 숨겼다. 이 사실을 안 일곱 명의 선녀들은 날개옷을 입고 하늘로 올라갔다. 하지만 그 옷의 주인인 막내 이로토(弟女)는 올라가지 못한 채 하늘로 향하는 길은 오래도록 닫히게 되었고, 이로토는 지상의 사람이 되었다. 선녀가 미역을 감은 곳이라 하여 이곳을 '가미노 우라(神の浦)'라고 부르게 되었다. 이카토미는 이로토를 아내로 하여 이곳에서 살며 두 명씩의 남아와 여아를 얻었는데 그들은 이카노 무라지(伊香連)의 조상이 되었다. 그러나 그 후 이로토가 날개옷을 찾아내어 하늘로 승천하고 이카토미는 허무하게 혼자서 마루에 앉아 끊임없이 하늘을 바라보았다.(養老七年)

『다케토리 이야기』의 성립에 대하여

1. 들어가기

　모노가타리 문학*의 조상이라 일컬어지는『다케토리 이야기(竹取物語)』**는 전승 설화의 집합체로 이루어져있다. 「다케토리노 오키나 설화」외에 「처 얻기 다툼 설화」, 「날개옷 전설」등의 전승을 기반으로 하고 있는 작품으로 평가되고 있는 것처럼, 설화를 가지고 모노가타리를 구성하려는 의도하에 쓰여 졌다고 해도 과언이 아닐 것이다. 그런데 이러한 유명 설화 이외에 어원설화가 한 축을 차지

---

* 작자의 견문 또는 상상을 기초로 하여 인물, 사건에 대하여 서술한 산문 문학 작품. 협의로는 헤이안 시대에서 무로마치 시대까지의 작품을 말한다.

** 일본어 발음은 '다케토리 모노가타리'로 칭한다

하고 있는 것을 알 수 있다. 특히 어원설화가 귀공자들의 구혼담에 밀착되어 있는 점 등으로 미루어, 현존하는 『다케토리 이야기』의 구혼담은 어원설화를 중심으로 새롭게 구축된 이야기라고 이해될 정도로 어원설화가 차지하는 비중이 크다. 그럼에도 불구하고 어원설화에 대한 분석적인 연구는 찾아보기 어렵다.

이 구혼담에 관하여는, '처 얻기 다툼 설화'를 통해서 당시의 사회와 특정인을 풍자하려는 의도가 농후하다는 견해가 지배적이나, 반대로 전승을 통합하여 장편화하기 위해 가공의 인물을 해학적으로 등장시켰다고도 볼 수 있다. 다시 말해서 귀공자들의 실패담을 쓰기 위해서 어원설화를 채용한 것이 아니라, 오히려 당시에 유행하던 어원설화를 모노가타리화하기 위해 귀공자의 실패담으로 허구화했다고 보여 진다는 사실이다. 그런데 여기서 주목되는 것은 와카의 수사법인 '엔고(緣語)'나 '가케코토바(掛詞)' 등을 해학적으로 도입하고 있다는 점이다.

『다케토리 이야기』의 성립에 있어서 또 한 가지 흥미로운 사실은 『고지키(古事記)』등의 신화에서는 대부분 권력의 주체가 될 남자 주인공 중심으로 이야기가 형성되는 데 반해, 최초의 모노가타리 문학은 여자 주인공을 등장시켜 권력의 무상과 인생의 허무를 다룬 내용으로 이야기를 전개시키고 있다는 점이다. 더욱이 여주인공이 대나무 통 안에서 신생아의 모습으로 발견되며, 발견하는 것이 젊은 남자가 아니라 노인이라는 점 등은 동화적이며 새로운 형태의 작품

제작을 의식한 것으로 파악된다.*

　또한 달세계로 승천해 가는 가구야 히메의 모습은 선녀가 승천하는 전승 설화와 모티프가 유사하나, '8월 15일 밤'에 국한하여 강조한 내용은 일본의 전승 설화에서 찾아 볼 수 없는 설정이다. 이후 『겐지 이야기(源氏物語)』 등의 모노가타리에서 8월 15일을 전후로 하여 세상을 떠나는 히로인들이 등장하고 있으며, 이를 통해서『다케토리 이야기』로부터의 답습을 추량해 볼 수 있는데, 작자가 가구야 히메의 승천을 죽음에 대한 미화로 수용하고 있음을 짐작케 한다. 여기에는 여자의 죽음이 상징하는 농사의 풍요를 기원하는 의식이 내재되어 있다는 견해가 발견되기도 한다. 민속학적으로 8월 15일의 달밤에는 농사의 풍작을 기원하는 의식이 행해지고, 여기에 여자의 죽음이 풍요를 가져온다는 민간신앙이 결합하여 생성된 것이라는 주장인데, 실제로 모노가타리의 내용만으로 그러한 속뜻까지 파악하기는 쉽지 않다. 달은 행성 중 지구에서 가장 가까워 육안으로도 윤곽이 확인되며, 예로부터 신선이 사는 이상향으로 동경해 왔던 만큼 가구야 히메를 명확히 달세계의 주민으로 등장시켜 구체화하고, 지상에서 다시 달세계로 귀환하는 내용으로 구성하였기 때문에, 연중 달이 가장 밝은 8월 15일 밤을 히메가 승천하는 시기로 설정한 것으로 판단된다. 또한 이후의 모노가타리에 보이는 히로인의 죽음도 이를 수용한 것으로 추정된다.

　그리고 도입된 전승 설화 등의 소재에는 외래적인 요소도 포함

---

* 三谷栄一編(1975)『竹取物語·宇津保物語』日本古典文学鑑賞, 角川書店, p. 196.

되어 있는데, 여기에 일본 고유의 인명이나 지명, 문화 등이 가미되면서 순수 일본적인 성격의 문학으로 탄생하게 된 것으로 이해된다. 예를 들어 모노가타리 속 대표적인 지명설화인 후지산(富士山)의 어원설화는 '후지'라는 말을 작품 안에 채용하기 위해 불사약과 관계된 이야기를 제작한 것으로 판단되는 것이다. 따라서 그 당시에 존재한 말과 설화를 작자가 자신의 방법으로 재창출한 것이라고 볼 수 있다.

　이상의 요소들을 통해서 보는 것처럼, 가나에 의한 첫 모노가타리는 역시 전승 설화에 새로운 감각의 설화적 요소를 가미하여 재구성한 작품으로, 실존의 귀족들을 풍자한 성인문학이라기보다 일종의 와카의 하이카이카(俳諧歌)처럼 흥미를 본위로 제작하여, 가나에 의한 글쓰기에 관심을 기울이고 있던 당시의 특정 층의 읽을거리로 유포되었을 가능성이 높다. 그 후 모노가타리 작품은 점차 현실적이고 사회참여적인 성격이 짙어져 갔을 것으로 판단된다. 다시 말해서 모노가타리의 효시가 된 『다케토리 이야기』는 높은 문학성을 추구한 작품이라기보다 가나에 의한 습작으로 성립한 작품인 셈이다. 기존의 많은 연구가 『다케토리 이야기』의 문학성을 필요 이상으로 강조하고 있고, 따라서 모노가타리의 초보적 창출 방법에 대해서 심도 있게 다룬 논문을 찾는 일도 쉽지 않다. 이에 본 논문에서는 『다케토리 이야기』가 갖는 초보적인 모노가타리의 시조성에 초점을 맞춰 고찰하고자 한다.

2. 어원설화의 발생

다케토리노 오키나와 가구야 히메가 등장하는 작품군 속에서 귀
공자들의 구혼담에 어원설화를 포함하고 있는 것은『다케토리 이야
기』가 유일하다. 물론『곤자쿠 이야기 집(今昔物語集)』권31, 제33화
에는 구체적으로 귀공자의 신분이나 이름을 언급하고 있지는 않으
나, '많은 공경, 당상관(諸の上達部·殿上人)'*으로 소개되어 난제를
부여하는 모습이 확인된다. 그러나 명확하게 누구에게 어떤 난제를
부여했는지도 알 수 없으며 더욱이 어원설화는 찾아볼 수 없다. 불
사약에 관한 이야기도 발견되지 않는다. 불사약이 후지산의 지명
어원설화로 연결되고 있는 점으로 미루어, 모노가타리의 기반을 이
루고 있는 각종 설화 중에서 어원설화는 이후에 증보되었을 가능성
이 농후하다. 즉, 작품의 내용 중 분량에 있어서 가장 큰 비중을 차
지하고 있는 어원설화 중심의 구혼담은 처 얻기 설화에 새롭게 가미
된 소재라고 파악되는 것이다.

특히 어원설화가 말의 유희를 의도하고 있는 점은 특기할 만하
다. 이런 경향은 와카에 있어서 하나의 수사 기법인 가케코토바(掛
詞)가 동음이의어를 사용하는 점과 매우 흡사하다. 모노가타리라는
장르의 탄생은 알려진 바와 같이 공공연한 문학으로 시작된 것이 아
니라, 와카를 쓰다가 파생한 잉여처럼 흥미 본위의 읽을거리로 태동

---

* 馬淵和夫·国東文麿·今野達校注·訳(1976)『今昔物語集』日本古典文学全集, 小学館, pp.
  631~635.

했다는 점을 감안하면 충분히 납득할 수 있을 것으로 생각한다. 우타모노가타리의 시조인『이세 이야기(伊勢物語)』가 와카를 중심으로 그 와카가 제작된 경위와 배경을, 지문을 통해서 모노가타리화하고 있는 것처럼, 『다케토리 이야기』는 짧은 설화나 당시 유행하던 관용구를 중심으로 이야기를 제작하고 있는 것이다.

　　모노가타리의 방법은 와카집에서 노래가 제작된 경위와 취지 등을 기록하는 다이시(題詞)나 고토바가키(詞書), 혹은 우타모노가타리가 와카를 중심으로 성립 사정과 후일담을 지문으로 기록하는 방법과 매우 유사한 형태로,『다케토리 이야기』의 작자에게 있어서도 가나에 의한 새로운 문학인 모노가타리는 와카집이나 우타가타리의 방법을 도입했을 가능성이 농후하다. 실제로 『다케토리 이야기』 안의 어원설화를 보면 와카와 관련된 이야기를 다수 포함한다.

　　이렇게 와카의 가케고토바의 방법을 관용구나 어원, 지명설화의 형태로 모노가타리 안에 수용하고 있음을 알 수 있다. 그것은 또한 구혼담 안에서만 작용하는 것이 아니라 가구야 히메가 발견되는 시점에서부터 승천한 이후에 이르기까지 의식적으로 분포시키고 있는 것을 알 수 있다.

　　가나일기의 효시인 『도사닛키(土佐日記)』 역시 같은 맥락에서 발생한 것으로 이해된다. 즉, 『다케토리 이야기』와 마찬가지로 처음부터 문학 작품으로서 인정받을 목적으로 제작한 것이 아니라, 가나라고 하는 글자가 가진 풍부한 표현의 가능성이 당시의 글쟁이인 기노 쓰라유키(紀貫之)의 주체하지 못하는 끼를 만나 분출된 것이다. 그것은 일기의 맨 마지막에 "잊기 어렵고, 마음에 남는 일이 많이 있지만 전부 다 쓰기 힘들다. 아무튼 빨리 찢어버리자. "*라고 말하는 부분에서 반추해 볼 수 있다. 다시 말해서 아직 가나에 의한 산문문학은 걸음마를 시작한 단계로 주위의 시선을 의식한 작자의 의중을 찰지할 수 있다. 따라서 당시 모노가타리의 사본이 쓰여 진다는 것은 상상도 못할 일이며, 역시 와카의 잉여로 생산된 문학일 가능성이 높다.

3. 어원설화의 양상과 방법

전술한 것처럼 와카집이 노래를 중심으로 가집을 엮어가는 형태라면, 모노가타리는 항간에 회자되던 이야깃거리(전승 포함)나 유행어 등을 중심에 두고 이야기를 구축해 가려는 방법을 채택하고 있는 것이 확인된다. 특히 어원설화의 도입은 이 사실을 뒷받침하는 소재라고 판단된다. 이하에서는 『다케토리 이야기』에 담긴 어원설화의 용례를 구체적으로 들어가며 유래담의 제작 방법에 대해 살펴보고자 한다.

어원설화는 아니지만 와카의 가케코토바처럼 말의 유희를 의도한 부분도 다수 엿보인다. 예를 들어 오키나(翁)가 대나무 안에서 발견한 가구야 히메에게 다음과 같이 이야기하는 장면이 있다.

---

* 「わすれ難く、口惜しきこと多かれど、え尽くさず。とまれかうまれ、疾く破りてむ」
松村誠一校注・訳(1973)『土佐日記』日本古典文学全集, 小学館, p. 68.

我朝ごと夕ごとに見る竹の中におはするにて知りぬ。子になりたまふべき人なめり[*]

　여기서 자식(子)은 '고(こ)'로 읽는데 대나무로 만든 바구니(籠)도 마찬가지로 '고(こ)'로 발음한다. 즉 대나무로 바구니(こ)를 만드는 것처럼 가구야 히메가 오키나 자신이 매일 보던 대나무 안에서 발견되었으니 '자식(こ)'이 될 운명이라는 말이다. 와카의 가케코토바처럼 한 낱말에 두 가지 의미를 부여한 표현이며, 대나무와 바구니에 엔고의 관계를 엿볼 수 있다. 가구야 히메를 집으로 데리고 온 오키나는 오우나(嫗)에게 맡겨 키우게 하는데, 대나무로 짠 바구니(籠)에 넣어 기른다는 표현을 통해서도 'こ'라는 음을 이용해 의식적으로 '자식(子)'과 '바구니(籠)'의 친밀감에 대해 다시 한 번 강조하고 있다.

　'요바이(よばい)'에 대한 어원설화에서도 유사한 방법이 사용되고 있다. 가구야 히메가 3개월 만에 어른이 되어 성인식을 마친 후, 신분의 귀천을 불문하고 남자들이 밤마다 가구야 히메의 집의 문이나 담 근처로 몰려와 히메를 보기 위해 집 주변을 서성이게 되는데, 모노가타리 안에서는 이때부터 '요바이(よばい)'라는 말이 생겨났다고 이야기한다.[**] 'よばい'는 사전적으로 구애나 구혼을 뜻하지

---

[*] 片桐洋一校注・訳(1994)『竹取物語』新編日本古典文学全集, 小学館, p. 7.

[**] 世界の男、あてなるも、賤しきも、いかでこのかぐや姫を得てしかなと、音に聞きめでて惑ふ。そのあたりの垣にも家の門にも、をる人だにたはやすく見るまじきものを、夜は安きいも寝ず、闇の夜にいでても、穴をくじり、垣間見、惑ひあへり。さる

다케토리 이야기

만, 여기서는 '밤을 기어다니다'라는 의미의 '夜這う'라는 뜻을 겸하고 있는 것을 알 수 있다. 특히 문장에서 'よばひ'라는 말이 많은 남자들이 가구야 히메를 보기 위해 다니던 때부터 사용되기 시작했다는 표현을 통해서 다방면으로 『다케토리 이야기』의 시조성을 의식한 작자의 의도가 감지된다.

어원설화는 특히 다섯 명의 귀공자에 집중되어 있는 것을 알 수 있다. 이시쓰쿠리 황자(石作りの皇子)가 가구야 히메로부터 부여받은 난제에 거짓으로 일관하고, 그것이 들통 났음에도 불구하고 자인을 하지 않고 끝까지 부끄러움을 모르는 행태를 견지하는데, 작자는 이 사실에서 비롯되었다는 어원설화 'はぢをすつ'를 소개하고 있다.[*]

여기서 'はぢをすつ'를 '부끄러움을 버리다'로 해석하여, 가짜임이 밝혀졌음에도 불구하고 히메를 포기하지 않는 이시쓰쿠리 황자의 뻔뻔한 행위에 대해 부끄러움을 모르는 파렴치한 행동을 나타

時よりなむ、「よばひ」とはいひける。 (p. 19)

[*] かぐや姫の家に持て来て、見せければ、かぐや姫、あやしがりて見れば、鉢の中に文あり。ひろげて見れば、
　海山の 道に心を つくしては てないしのはちの 涙ながれき
　かぐや姫、光やあると見るに、蛍ばかりの光だになし。
　置く露の光をだにもやどさまし小倉の山にて何もとめけむとて、返しいだす。
　鉢を門に捨てて、この歌の返しをす。
　白山にあへば光の失するかとはちを捨てても頼まるるかなとよみて、入れたり。
　かぐや姫、返しもせずなりぬ。耳にも聞き入れざりければ、いひかかづらひて帰りぬ。
　かの鉢を捨てて、またいひけるよりぞ、面なきことをば、「はぢをすつ」とはいひける。 (pp. 26~27)

『다케토리 이야기』의 성립에 대하여

내는 말로 사용하고 있지만, 여기에는 황자가 '사발' 즉 'はち'를 문 밖에 버린 것을 'はぢ' 즉 부끄러움을 버렸다는 의미에 겹쳐서 말의 유희를 의도하고 있는 것을 알 수 있다. 당시에는 탁음의 표기가 아직 없었고 사발과 부끄러움 모두 'はち'라고 표기했기 때문에 사발을 버린 행위와 자신의 과오를 인정하지 않고 포기하지 않는 황자의 낯 두꺼운 행동을 '부끄러움을 버렸다'는 말로 표현하여 마치 어원이 그 상황에서 발생한 것처럼 가공하고 있는 것이다. 여기서도 말의 유희가 발견되는데, 역시 와카의 '가케코토바'의 수사법이 모노가타리 안에서 사용되는 것이다.

구라모치 황자(くらもちの皇子) 관련 난제담에서도 '다마사카니(たまさかに)'라는 어원설화 파생을 이야기하고 있는데, '다마사카니(たまさかに)'는 '몸에서 영혼이 떠나다'라는 의미를 갖는 말이다. 구라모치 황자에게 부여된 난제는 '봉래산에 있다고 하는 은을 뿌리로 하고 금을 줄기로 하고 백옥을 열매로 하는 나무의 가지'이다. 황자는 걸출한 공인들을 불러 모아 은밀히 히메가 주문한 물건을 만들게 하여 그럴듯한 결과물을 손에 넣지만, 진짜가 아니라 만들어진 것이라는 사실이 들통 나고 만다. 결국 황자는 세간의 눈총을 부끄럽게 여겨 혼자서 산중에 들어가 모습을 감춰버리고 만다. 그 일로부터 '정신 나가다(たまさかに)'라는 말이 쓰이기 시작했다고 어원을 설명하고 있다.*

---

* この皇子は、「一生の恥、これに過ぐるはあらじ。女を得ずなりぬるのみにあらず、天下の人の、見思はむことのはづかしきこと」とのたまひて、ただ一所、深き山へ入

여기에서도 동음이의어인 백옥을 나타내는 '다마(玉)'에 영혼을 가리키는 '다마(魂)'를 중첩시켜 어원설화 발생의 과정을 꾸미고 있는 것을 알 수 있다. 자신이 난제로 부여받은 구슬(たま)로 인해서 교토를 떠나 산중으로 사라졌다는 말과, 하인들이 행방을 찾지만 발견되지 않아, 황자의 죽음(魂が離れる)을 암시하는 영혼(たま)의 이탈이라는 의미가 겹쳐져 만들어진 관용구라는 사실을 알 수 있다. 즉 와카의 가케코토바 수사법을 사용하여 말의 유희를 만들어 내고 있다.

어원설화는 아베 우대신(阿倍の右大臣)에게 부여된 불 쥐의 가죽옷(火鼠の皮衣) 이야기에서도 발견된다. 가죽옷은 감청색에 털끝이 금색으로 빛나 보물로 생각될 정도였다고 적고 있다. 그러나 정작 불에 타지 않는 것이 불 쥐의 진정한 가치였으나 불을 붙이자마자 가죽옷은 활활 타버리고 만다. 작자는 이 이야기의 결론부에서 이렇게 생성된 말이 '허망하다(あへなし)'라고 설명한다.*

이 어원설화는 앞의 경우와 달리, 난제로 부여받은 물건의 이름이 아니라 난제를 부여받은 구혼자의 이름에 관련지어 어원설화를 만들어내고 있다. 물론 여기에서도 대신(大臣)의 이름 'あべ'와 형

りたまひぬ。宮司、さぶらふ人々、みな手を分ちて求めたてまつれども、御死にもやしたまひけむ、え見つけたてまつらずなりぬ。皇子の、御供に隠したまはむとて、年ごろ見えたまはざりけるなりけり。これをなむ、「たまさかに」とはいひはじめける。(pp. 36~37)

* 世の人々、「阿倍の大臣、火鼠の皮衣持ていまして、かぐや姫にすみたまふとな。ここにやいます」など問ふ。ある人のいはく、「皮は、火にくべて焼きたりしかば、めらめらと焼けにしかば、かぐや姫あひたまはず」といひければ、これを聞きてぞ、とげなきものをば、「あへなし」といひける。(p. 42)

용사 'あへなし'의 'あへ'를 중첩시켜 가게코토바식 말의 유희를 이어가고 있다. 즉 'あへなし'라는 관용어를 설화화할 목적으로 동음의 성을 가진 '아베(あべ)'라는 인물을 등장시킨 것이다.

오토모 대납언(大伴の大納言)의 난제담에서도 역시 어원설화가 등장하는데, 대납언에게 부여된 난제는 '용의 목의 다섯 가지 색으로 빛나는 구슬(龍の首に五色に光る玉)'을 취하는 일이다. 난제 중에서 가장 성취하기 어려운 과제로 보이지만 대납언은 기세 좋게 가신과 하인들을 파견하고 나중에는 구슬을 취할 것이라고 호언장담하며 자신이 직접 나선다. 그러나 바다에서 폭풍우를 만나 죽을 고비를 넘기고 구사에 일생을 얻는데, 아카시(明石)의 해안으로 표착한 배에 타고 있는 대납언의 눈은 자두처럼 부풀어 올라 있었고, 어원설화는 그에 결부되어 그려지고 있다. 따라서 골계성도 농후한 어원설화가 부여되고 있다. 더욱이 감탄사가 붙어 있는 것을 통해서도 다른 귀공자 관련 설화에 비해 익살과 풍자성이 강하게 나타나 있다고 볼 수 있다. 대납언의 무모함은 하인들을 비롯하여 뱃사공, 지방관, 부인에게 조차 조롱거리가 되고 있다.*

'아, 참기 힘들어(あな堪えがた)'라는 어원설화에도 역시 두 가지 의미가 중첩되어 있는 것을 알 수 있다. '먹기 힘들다(食べがたい)'

---

* からうじて起きあがりたまへるを見れば、風いと重き人にて、腹いとふくれ、こなたかなたの目には、李を二つつけたるやうなり。これを見たてまつりてぞ、その国の司も、ほほゑみたる。(中略)世界の人のいひけるは、「大伴の大納言は、龍の頸の玉や取りておはしたる」、「いな、さもあらず。御眼二つに、李のやうなる玉をぞ添へていましたる」といひければ、「あな、たべがた」といひけるよりぞ、世にあはぬことをば、「あな、たへがた」とはいひはじめける。(pp. 48~49)

다케토리 이야기

는 의미와 '참기 힘들다(堪えがたい)'는 의미인데, 전자는 시각적인 장면에 해학적인 요소를 부여한 말이며 후자는 일의 전말에 대한 상황을 풍자한 말이다. 양쪽 모두 'たへかた'라고 표기하여 여기서도 와카에서 사용되는 동음이의어의 가케코토바적 유희를 구사하고 있는 것을 알 수 있다.

이소노가미 중납언(石上の中納言)의 난제담에서는 두 개의 어원설화 생성에 대해 이야기하고 있는데, 제비가 산란을 할 때 순간적으로 내보이는 '안산 조개(子安貝)'에 관련한 이야기이다. '가이(か い)'라고 하는 발음에 'かい(貝)'와 'かい(甲斐)'를 중첩시켜 도출한 어원설화로 여기서도 언어적 유희를 만들어내고 있는 것을 알 수 있다. 츄나곤은 남의 말에 쉽게 귀를 기울이는 어리석은 성격이지만, 그 순수함 때문에 가구야 히메의 위문 서간을 받는 유일한 인물이다. 결국 조개는 얻지 못했지만(貝無し), 가구야 히메로부터 위문편지를 받았으니 보람은 있었다(甲斐あり)는 식의 내용이다.

이처럼 다섯 명의 구혼담을 통해서 각각의 어원설화가 발생했다는 내용이 뒤따르고 있으며, 어원설화가 빠져도 내용 전개에는 큰 무리가 없으나, '자식(子-こ)과 바구니(籠-こ)'에서 시작된 가나(仮名)에 의한 가케코토바식 언어의 유희를 구혼담 속에도 적용시켜 가려는 작자의 의도가 확인된다. 이는 초기의 모노가타리가 와카의 수사법을 수용한 흔적으로 파악되며, 가나에 의해 다양한 시도가 행해지고 있던 상황을 반영하는 하나의 결과물로 해석할 수 있다.

그런데 어원설화는 구혼담에서 끝나지 않고 후지산의 지명어원

설화로 이어진다. 여기서도 역시 가케코토바식 수사법이 사용되고 있다. 많은 신하(富士-ふし)가 불사(不死-ふし)약을 태운 곳이라는 의미로 후지산이라고 불리게 되었다는 이야기다.

홍미로운 사실은 와카의 수사법을 채용한 것뿐 아니라 이러한 어원설화는 당시 세간에서 널리 사용되던 유행어일 가능성이 높다는 점이다. 즉 다케토리오키나 설화나, 처 얻기 설화, 날개옷 전설 등과 같은 과거형 설화에 현재형 설화인 어원설화를 결합시켜 새로운 형태의 모노가타리를 생성하려는 의도가 있었던 것으로 파악된다. 무엇보다 중요한 사실은, 어원설화는 타 설화에 비해 창작적인 요소가 강하고 여기에 와카의 수사법을 사용하여 골계적인 부분을 부각시키려했다는 점이며, 이것은『다케토리 이야기』의 모노가타리의 시조성을 대변하는 한 방법으로 이해된다. 와카가 '고토다마(言靈)'에 입각했다면 모노가타리는 '모노(物)'적인 측면 즉 영혼의 표출이 아니라 사실에 입각한 허구로서의 문학으로 출발했다고 볼 수 있다. '모노가타리(物語)'의 어원에 관한 많은 언설이 있지만 필자는 와카의 '마코토(実·誠·真)', 즉 내적 정신에 대한 반대 개념인 외적 '모노(物·表·肉)'의 개념으로 사용된 말이라고 추정한다. 물론 이렇게 시작한 모노가타리라 하더라도 시간의 경과에 따라 점차 비현실적이고 해학적인 요소가 감소하고 문예성이 증대되어, 이에 따라 그 평가도 변천해 온 것으로 파악된다. 그러나 시초는 와카나 전설의 도입, 당시의 유행어 수용 등 복합적인 성격으로 창출된 조잡한 것이었던 사실은 부정할 수 없다.

220

4. 기존 설화의 변용

　가구야 히메의 발견과 승천은 매우 독특한 형태로 신화적 색채를 발산하고 있지만, 기존의 신화나 전설 등에서는 볼 수 없는 매우 이례적인 이야기 패턴이 발견된다. 신화 속 여자의 대부분이 결혼 상대가 될 남자와 조우하는 부분에서 등장하는 것이 일반적이나, 『다케토리 이야기』 안의 가구야 히메는 다르다. 처음부터 부모의 역할을 하게 될 남자 노인에 의해 대나무 안에서 어린 아이의 모습으로 발견되며, 그녀의 성장과 그녀를 둘러싸고 벌어지는 구혼자들의 경쟁, 최고 권력자인 천황과의 만남, 그리고 달세계로의 귀환 등, 오로지 그녀가 화제의 중심에 서있는 것을 알 수 있다. 부분적으로 아마테라스신화의 변용을 생각하게 하지만, 가구야 히메의 발견부터 승천까지의 다양한 구성 전개에는 독자적인 상상력이 뚜렷이 확인된다. 이제까지 신화의 세계에서 보던 남자 중심의 화형과는 반대적 발상이 『다케토리 이야기』의 작자에게 있었고 이는 가나에 의한 새로운 장르의 모노가타리가 갖는 독창성이라고 할 수 있다.

221

　그러나 독창적인 발상이 낳은 작품이라고는 하지만, 이미 알려진 것처럼 『다케토리 이야기』의 형성에 소재를 제공한 신화나 설화가 존재한다. 날개옷 전설과 지명설화, 기이한 출생담 등을 들 수 있다. 그중에서 『후도키(風土記)』의 「일문 단고노쿠니(逸文 丹後国)」의 이야기와 『데이오헨넨키(帝王編年記)』 속의 날개옷 전설은 한국인에게도 친숙한 이야기 구조이다. 『후도키』의 「일문 단고노쿠니 나

구노 야시로(逸文 丹後国奈具社)」관련 설화를 보면 다음과 같은 이
야기가 전해진다.

다니와군(丹波郡) 군가(郡家)의 서북쪽 외진 히지산(比治山) 정상
에 있는 마나이(真奈井)라고 하는 우물에 선녀 여덟이 내려와 미역을
감는 사이, 와나사(和奈佐)라 불리는 노부부가 은밀히 그중 한 명의
날개옷을 감춘다. 옷이 있는 자는 하늘로 올라가지만 옷을 잃어버
린 선녀는 자식이 없는 노부부와 10여 년을 함께 살게 된다. 선녀는
술을 잘 빚어 누구든 한 잔만 마시면 만병이 낳아 그 대가로 노부부
는 부호가 되고, 그곳은 히지가타노 사토(土形の里)라고 불렸다. 그
후 어느 날 노부부는 진실을 털어놓고 선녀를 보내려고 한다. 결국
선녀는 미련을 남기고 떠나게 되는데 가는 길목 길목에 지명설화를
남기고 있다. *

노부부가 선녀를 자식으로 삼고 선녀가 약술을 빚어 부자가 되
고, 종국에는 떠나게 된다는 이야기 구조는 틀림없이 『다케토리 이
야기』의 초반부와 종반부를 떠올리기에 충분하다. 더욱이 지명설
화 등은 그 영향 관계를 추측케 한다. 그러나 『후도키』 이야기의 중

222

---

* 『丹後国風土記逸文』「郡家の西北の隅の方に比治の里あり。この里の比治山の頂に井
あり。その名を真奈井といふ。今はすでに沼となれり。この井に天女八人降り来て水
浴みき。時に老夫婦あり。その名を和奈佐の老夫、和名佐の老婦といふ。この老等、
この井に至りて竊かに天女一人の衣裳を取り蔵しき。やがて衣裳ある者は皆天に飛び
上がりき。ただ、衣裳なき女娘一人留まりて、即ち身は水に隠して、独り懐愧ぢ居
りき。ここに、老夫、天女に謂ひけらく、「吾は児なし。請ふらくは、天女娘、汝、
児と為りませ」といひき。即ち相副へて宅に往き、即ち相住むこと十余歳なりき。
(秋本吉郎注校(1971)『風土記』「逸文 丹後国」奈具社, 日本古典文学大系, 岩波書店, 1971, pp.
466~468.

다케토리 이야기

심에는 '날개옷'이 위치하고 있으며 노부부에 의해 날개옷이 감추어져 어쩔 수 없이 지상에서의 삶을 강요당하는 형태이다. 즉 가구야 히메의 주관적인 삶의 형태와는 완전히 대비되는 구조이다.

한편, 14세기 후기 성립으로 전해지는 『데이오헨넨키(帝王編年記)』에는 한국의 옛날이야기 '선녀와 나무꾼'을 연상하게 하는 이야기가 등장한다.* 『후도키』의 구성과 유사한 형태의 이 이야기는 우리에게 익숙한 날개옷 전설의 전형을 띠고 있다고 할 수 있다. 여덟 명의 선녀가 흰 새로 화하여 오미(近江)의 이카고노 오미(伊香の小江)의 강 남쪽 얕은 곳에 내려와 미역을 감고 있을 때, 이카토미(伊香刀美)라고 하는 남자가 멀리서 이것을 보고 기이하게 여겨 다가가 보니 선녀인지라 사랑을 느껴, 흰 개에게 벗어놓은 날개옷(羽衣) 하나를 몰래 가져오게 하여 숨겼다. 이 사실을 안 선녀들은 날개옷을 입고 하늘로 올라간다. 하지만 그 옷의 주인인 막내 이로토(弟女)는 올라가지 못한 채, 하늘로 향하는 길은 오래도록 닫히게 되었고, 선녀

223

---

* 古翁の伝へて曰へらく、近江の国伊香の郡、与胡の郷。伊香の小江、郷の南にあり。天の八女、倶に白鳥と為りて、天より降りて、江の南の津に浴みき。時に、伊香刀美、西の山にありて遥かに白鳥をみるに、その形奇異し。因りて若しこれ神人かと疑ひて、往きて見るに、実にこれ神人なりき。ここに、伊香刀美、やがて感愛を生して還り去らず。竊かに白き犬を遣りて、天の羽衣を盗み取らしむるに、弟の衣を得て隠しき。天女、すなはち知りて、その兄七人は天上に飛び昇るに、その弟一人は飛び去らず。天永く塞して、すなはち地民と為りき。天女の浴みし捕を、今、神の捕といふ、是なり。伊香刀美、天女の弟女と共に室家と為りて、此処に居み、遂に男女を生みき。男二人、女二人なり。兄の名は意美志留、弟の名は那志登美、女は伊是理比咩、次の名は奈是理比売。こは伊香連等が先祖、是なり。後に、母、すなはち天の羽衣を捜し取り、着て天に昇りき。伊香刀美、独り空しき床を守りて、唫詠することとやまざりき。(養老七年) (黒板勝美校訂(1965)『帝王編年記』을 (雨海博洋訳注『竹取物語』参考資料, 旺文社, p. 271·275·278)에서 발췌했다.

가 미역을 감은 곳이라 하여 이곳을 가미노 우라(神の浦)라고 부르게 되었다. 결국 이로토는 이 세상 사람이 되었고, 이카토미는 이로토에게서 네 명의 아이를 얻었는데, 그들은 이카노 무라지(伊香連)의 조상이 되었다. 그러나 그 후 이로토가 날개옷을 찾아내어 하늘로 승천했다는 이야기이다.

여기에는 날개옷 전설과 가미노 우라의 지명설화, 그리고 이카고노 무라지의 조상설화가 확인된다. 『다케토리 이야기』의 날개옷 전설과 지명설화는 역시 이러한 전설과 설화에서 소재를 채용했을 가능성이 높다. 그러나 설화를 그대로 답습하고 있는 것이 아니라 전혀 새롭게 재구성하고 있는 것을 알 수 있다. 날개옷을 입고 내려온다거나 남자에 의해 옷이 감춰진다거나 그로 인해 지상에서 살게 된다는 전형을 깨고, 마지막에 천인이 가져온 날개옷을 입게 되는데, 옷을 입으면 지상에서의 기억이 모두 지워진다는 설정이다.

또한 많은 날개옷 전설 속의 선녀는 막연히 하늘에서 내려오고 다시 올라 가지만, 『다케토리 이야기』에서는 달세계로 구체화하고, 가구야 히메를 지상의 인간들이 절대 좌지우지할 수 없는 존재로 그리고 있는 데에 모노가타리의 독창성이 엿보인다.

그 외에도 날개옷 관련 설화가 다수 확인된다.*

---

* 『요쿄쿠슈(謠曲集)』의 「하고로모(羽衣)」에는 하쿠료(白竜)라는 이름의 어부가 소나무에 걸려있는 선녀의 날개옷을 숨기고, 결국에는 승천하지 못하는 선녀를 측은히 여긴 어부가 옷을 돌려주는 이야기가 있는데 여기서는 선녀가 추는 건상의 춤이 중심 소재가 되고 있다. 선녀가 천상세계의 춤을 피로해주는 조건으로 하쿠료는 옷을 건네주고 선녀는 아즈마아소비의 춤을 여러 곡 추고는 안내 긴 하늘로 승천해 가는 이야기가 보인다. 다른 날개옷 설화와는 다소 다른 춤이라는 소재를 도입하고 있다. (『謠曲集一』日本古典文學全集, 小学館, pp. 352~360)

5. 여자 주인공의 탄생

『다케토리 이야기』의 또 한 가지 주목할 만한 것은 대나무 통 안에서 발견된다는 점인데, 이는 소위 난생설화(卵生説話)에서 보는 형태와 유사하다. 한국의 주몽이나 혁거세, 수로 등이 알에서 태어나거나 혹은 일본의 옛날이야기 속의 모모타로가 복숭아 안에서 발견되는 이야기와도 모티프가 유사하다. 가구야 히메를 대나무 안에서 발견하는 형태로 묘사한 것은 이러한 신화와 설화에 등장하는 신이나 영웅과 같이 신적인 존재로 묘사하기 위해서 도입한 것으로 추측되지만, 이 또한 다른 이야기들과는 달리 발견되는 것이 남성이 아니라 여성이라는 점에서 차이가 있다.

전술한 것처럼 『고지키』의 신대신화 등에서 여자의 출생의 모습을 발견하는 것은 쉽지 않다. 더욱이 이야기가 여자를 중심으로 전개되는 신화를 찾는 것은 쉬운 일이 아니다. 그런데 『고지키』 중권에는 여자의 기묘한 출생 장면을 묘사하고 있는 설화가 발견되기도 한다. 진무(神武)기에 보면, 미와(三輪)의 오모노누시노 가미(大物主神)가 미시마노 미조쿠이(三島湟咋)의 딸인 세야다타라히메(勢夜陀多良比売)를 보고 마음에 들어 그녀가 대변을 볼 때 빨간 칠을 한 화살로 변신하여 그녀의 음부를 찌른다. 이것이 계기가 되어 두 사람은 결혼하여 아이를 낳는데, 그 아이의 이름이 이스케요리히메(伊須気余理比売)로 여아다. 그리고 진무천황이 이 여자와 결혼한다는 이야

기가 이어진다.[*]

결혼을 통해 태어나는 대상이 여자이며 그 배경이 상세히 묘사되는 점 등은 매우 독특하다. 하지만 『고지키』의 이스케요리히메는 진무텐노가 히무카(日向)에 행차했을 때 만나 결혼한 여자 중의 한 사람으로 등장하고 있을 뿐이며, 이스케요리히메를 주인공으로 보기에는 이야기가 지극히 단편적이다.

또한 『고지키』 중권의 오진(応神)기에는 한 여자가 낳은 빨간 구슬이 여자로 화했다는 설화가 발견된다.^{**} 내용은 다음과 같다.

햇빛이 무지개처럼, 늪 언저리에서 낮잠을 자고 있는 미천한 신분의 여자의 음부를 비추자 이후 여자의 몸은 무거워져 붉은 구슬을 낳는다. 그리고 일의 자초지종을 엿보고 있던 한 미천한 남자가 등장하는데, 이 남자는 여자에게 간청하여 구슬을 손에 넣고 이를 소중히 한다. 그러던 어느 날 신라 국왕의 아들인 아메노히보코(天之日矛)를 만나 부득불 구슬을 넘기게 되고, 구슬은 아름다운 여자로 화하여 아메노히보코와 결혼하고 정처가 된다. 결혼 후 여자는 항상 산해진미를 준비하여 남편에게 먹였으나 국왕의 아들은 교만해져 여자에게 큰 소리로 화를 내어 여자는 자신의 조상의 나라로 돌

226

---

* 三島溝咋の女、名は勢夜陀多良比売、其の容姿麗美しかりき。故、美和の大物主神見感でて、其の美人の大便為る時、丹塗矢に化りて、其の大便為る溝より流れ下りて、其の美人のほとを突く。爾に其の美人驚きて、立ち走りいすすきき。乃ち其の矢を将ち来て、床の辺に置けば、忽ちに麗しき壮夫に成りて、即ち其の美人に娶ひて生みし子、名は富登多多良、伊須須気比売命と謂ひ、亦の名は比売多多良伊須気余理比売と謂ふ. 神武天皇、『古事記』小學館, pp. 162~163.

** 荻原浅男・鴻巣雄校注・訳(1973)『古事記』日本古典文学全集, 小学館, pp. 262~264.

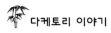
다케토리 이야기

아간다고 하여 작은 배를 타고 일본으로 도망쳐 와 나니와(難波)에 머물렀으며, 아카루히메(阿加流比売)라고 불리게 되었다. 아메노히보코는 이 사실을 알고 곧장 뒤쫓아 건너왔으나 해협의 신이 막아 나니와에는 들어가지 못하고 우회하여 다지마(多遲摩国)에 정박하고 그곳의 여자와 결혼하여 자식을 낳았다는 이야기이다.

『고지키』 안에서는 매우 독특한 설화로, 전술한 진무기의 이스케요리히메 이야기와 더불어 신과의 혼인을 통해 여자가 태어난다는 내용을 담고 있는 설화이다. 여자가 태어난 곳은 신라지만 조상의 나라라 하여 일본으로 배를 타고 건너왔다는 내용에서, 가구야 히메가 본국인 달세계로 승천하는 이야기 구조와 유사한 점이 발견된다. 또한 신라 왕자인 아메노히보코와 연결되어 있는 점이 일광감정설화(日光感精説話) 또는 난생설화적인 색채를 띠는 이유인지는 모르겠으나, 분명히 구슬 안에서 사람이 태어난다는 구조는 일본의 설화 중에서는 대단히 이채롭다고 말할 수 있다. 『다케토리 이야기』를 제외한 유사 작품 속에는 가구야 히메가 휘파람새의 알에서 나오는 패턴이 다수 확인되는데,* 이는 아카루 히메의 붉은 구슬과 적지 않은 연관성을 띤 결과로 파악된다. 그리고 미천한 여자를 통해서 태어난다는 설정은 가구야 히메가 대나무를 취해 가구를 만들어 파는 천한 신분의 오키나에게 발견되는 『다케토리 이야기』와 유

---

* 昔採竹翁ト云者アリケリ。女ヲ赫奕姫トヨフ。翁ガ宅ノ竹林ニ、鴬ノ卵、女形ニカヘリテ巣ノ中ニアリ。(『海道記』新日本古典文学大系、岩波書店、1990、p.101) 외에『三国伝記』(大日本仏教全書)、『臥雲日件録抜尤』(大日本古記録) 등. 雨海博洋訳注『竹取物語』参考資料, 旺文社, p. 271, 275, 278.

사하며, 역시 소재의 도입을 추량해 볼 수 있다. 『겐지 이야기』 안에서도 에아와세(繪合)에 있어서 미천한 오키나에게 발견되어 양육되는 가구야 히메의 불리한 성분을 이야기한다.[*]

　이처럼 다양한 소재를 신화와 설화에서 얻고 있지만, 중요한 것은 『다케토리 이야기』가 이상의 설화 등을 채용하면서도 전혀 새로운 이야기를 제작하고 있다는 사실이다. 알이나 구슬을 대나무 마디 속으로 변용시켜 출생의 근거를 사람이나 동물에서 분리하여 천향성을 부여하고 있다. 즉 달세계와 지상을 잇는 존재로 대나무를 이용하고 가구야 히메의 신성성을 부각시키고 있는 것이다. 이렇게 하여 지상의 귀공자나 천황마저도 범접할 수 없는 고귀한 존재로 등장시키고 있는 것이다. 이런 점 등은 유형(類型)의 설화와 확연히 대별되는 부분이다.

　모노가타리에는 사건이나 행위가 상징성으로 표현되는 설화와는 달리, 설화의 이야기구조를 수용하면서도 작자의 창작성이 가미되어 있는 것이다. 특히 시대의 변천에 따라 와카처럼 개인의 작의가 차지하는 비중이 커지고, 제사 등의 공동체 의식보다 개인이 강조되고 현실성이 중요시되고 있음을 알 수 있다. 그것이 『다케토리 이야기』에서는 대나무 통 속이라고 하는 배경이 선택되고, 이후의 『오치쿠보 이야기(落窪物語)』에서는 바닥이 움푹 파인 방이 채택된 이유이다. 또한 남자에 의해 그곳에서 빠져나온다는 점이 유사

---

[*] この世の契りは竹の中に結びければ、下れる人のこととこそは見ゆめれ。『源氏物語』「絵合」, p. 370.

하다. 그러나 『다케토리 이야기』의 경우에는 발견하는 남자가 노인이라는 점에서 독창적이다. 결국 여기에는 젊은 남자에 의해 구조되는 패턴을 답습하지 않고 노인을 등장시킴으로써 가구야 히메의 처녀성은 마지막까지 유지된다는 사실이다. 모노가타리 안에서 결혼하지 않는 여자를 등장시킨 것은 매우 이례적인 일로 이것은 단순히 신녀성을 암시하는 내용이라고 볼 수도 있지만, 결국 『다케토리 이야기』가 갖는 모노가타리의 새로운 창작성이라고 평가할 수 있을 것이다.

6. 나오기

본고는 『다케토리 이야기』가 모노가타리의 조상으로 불리는 연유에 대해서 고찰한 것으로, 특히 모노가타리에 산견하는 어원설화의 수용 양상과 산문문학에 보이는 여자 주인공의 탄생이라고 하는 측면에서 『다케토리 이야기』의 시조성을 추구한 논문이다.

어원설화에는 당시 유행하던 속담이나 관용구 등을 수집하여 그것을 축으로 모노가타리를 제작하려는 의도가 엿보인다. 그 같은 어원설화에 와카의 수사법인 가케코토바와 엔고의 방식이 사용되고 있는 사실로부터 와카로부터의 영향을 확인할 수 있다. 우타모노가타리가 와카에 지문을 붙여서 노래의 유래를 설명하려고 하는 것과 유사한 것으로 모노가타리의 태동기에 보이는 한 형태로 이해된다. 하지만 당시로서 그것은 결코 문학으로 불리기에 적합한 것이라고는 보기 어렵고, 와카의 하이카이카처럼 가나에 의한 습작 같은 문장이었을 것으로 추측된다.

또 한 가지 주목할 만한 것은 모노가타리의 내용이 여성을 중심으로 전개되고 있는 점이다. 그때까지의 신화와 설화에 있어서 여성은 보통 남자 주인공에 의해 선택되거나 발견되는 존재로, 여성 자신이 모노가타리의 주인공이 되는 이야기를 발견하는 것은 용이하지 않다. 그러나 『다케토리 이야기』는 처음부터 마지막까지 가구야 히메라고 하는 여성을 중심으로 이야기가 전개되고 또한 마무리되고 있다. 그런 점은 당시로서는 획기적이고 참신한 구조였을 것으로 추측된다. 그 후 『오치쿠보 이야기』 등의 여자를 주인공으로 하는 모노가타리가 등장하게 되는 것이다.

이처럼 당세의 유행어와 다방면에서 전해지는 단편설화 등을 작자가 와카의 수사법 등을 채용하여 자신의 방법으로 재생산한 것이 『다케토리 이야기』이며, 그것이 모노가타리의 조상이라고 불리는 연유일 것이다.

다케도리 이야기

초판 1쇄 발행일 2015년 3월 25일

역주 민병훈
펴낸이 박영희
편집 배정옥 · 유태선
디자인 김미령 · 박희경
마케팅 임자연
인쇄 · 제본 태광인쇄
펴낸곳 도서출판 어문학사
　　　　서울특별시 도봉구 쌍문동 523-21 나너울 카운티 1층
　　　　대표전화: 02-998-0094/편집부1: 02-998-2267, 편집부2: 02-998-2269
　　　　홈페이지: www.amhbook.com
　　　　트위터: @with_amhbook
　　　　페이스북 페이지: http://www.facebook.com/amhbook
　　　　네이버 블로그: http://blog.naver.com/amhbook
　　　　다음 블로그: http://blog.daum.net/amhbook
　　　　e-mail: am@amhbook.com
　　　　등록: 2004년 4월 6일 제7-276호

ISBN 978-89-6184-366-9 93830
정가 11,000원

이 도서의 국립중앙도서관 출판예정도서목록(CIP)은 e-CIP홈페이지(http://www.nl.go.kr/ecip)와
국가자료공동목록시스템(http://www.nl.go.kr/kolisnet)에서 이용하실 수 있습니다.
(CIP제어번호: CIP2015007296)